全知睿辉视角

双胞胎大熊猫宝宝的机智挑战与闪耀开局

韩国爱宝乐园
〔韩〕宋永宽 ◎著
〔韩〕柳汀勋 ◎摄
赵 伟 ◎译

北京科学技术出版社

请大家每天都呼唤我们的名字，

这样睿宝和辉宝就会变得更特别！

前言

机智而闪耀的熊猫世界

大家好啊，我们是第一对在韩国出生的大熊猫双胞胎宝宝——睿宝和辉宝。我们生活在韩国京畿道龙仁市爱宝乐园熊猫世界，接下来我们会向大家介绍独特的“宝家族”。

妈妈爱宝

我们的妈妈是世界上最漂亮的妈妈。妈妈最近在忙着照顾我们，不过它时常也会想起福宝姐姐。妈妈说生福宝姐姐的时候是它第一次当妈妈，有很多做得不好的地方，不过正是有了照顾姐姐的经验，它现在才能好好照顾我们。妈妈对姐姐有感激，有愧疚，当然也很思念姐姐。妈妈总是静静地看着我们，还会身体力行地教给我们一些必备技能，而且从不催促我们。我们长大后，也要成为像妈妈一样优秀的大熊猫！

爸爸乐宝

我们的爸爸是浪漫的大熊猫“乐爸”。爸爸很专一，它说自己只爱妈妈。我们是独居动物，没办法生活在一起，可爸爸每次和妈妈见面时，都会表露内心的爱意。小爷爷说，我们出生那天，爸爸在睡梦中惊醒，还哭了一场。我们一直对可以拥有一个爱我们的帅气爸爸心怀感恩。等我们长大了，也要找像爸爸一样帅气的另一半！

小爷爷宋宝

小爷爷是我们永远的朋友。他有时候也会像妈妈一样陪我们摔跤，在地上打滚。他可真是个调皮鬼啊！小爷爷的外号是“痛宝”，他特别喜欢这个称呼。我们每次叫他“痛宝”的时候，他都会让我们再多叫几声。小爷爷和妈妈一起照顾我们，他说自己也时常想起福宝姐姐。小爷爷还说过，他很感谢我们的到来。对我们而言，一出生就有“痛宝”陪伴，是一件特别开心的事啊！

姐姐睿宝

我叫睿宝，是熊猫世界里的机智宝物，也是第一对在韩国出生的大熊猫双胞胎宝宝中的大宝。我在妈妈的肚子里待了134天，2023年7月7日，韩国时间凌晨4点52分，我来到了这个世界。刚出生时，我只是一个体重180克的小粉团子。小爷爷说他每次静静地看着我时，脑海里就会浮现姐姐的样子。这真是太好了！我一定会努力成为填补家人内心世界空缺的机智宝物。嘻嘻！

妹妹辉宝

我叫辉宝，是照亮熊猫世界的闪耀宝物！由于贪恋在妈妈肚子里汲取爱意，我的出生时间晚了一些，于是成了二宝。我是一个“小吃货”，特别爱吃东西。我在2023年7月7日早上6点39分才出生，比睿宝晚了大约一个半小时。大家都觉得不可思议，因为我和姐姐是双胞胎这个秘密，只有我们母女三“熊”知道。小爷爷第一次见到我时露出了无比灿烂的笑容，我永远不会忘记他那个表情。请大家继续关注小女儿的精彩表现吧！嘿嘿！

目录

第二章

充满好奇，甜甜蜜蜜，在一起让我们更幸福！

第三章

机智挑战，闪耀开局，我们会有更广阔的世界！

第四章

叮叮哐哐，横冲直撞，双胞胎的“熊生”比蜜糖还甜！

第一章

双倍幸福，满满爱意，我们是双胞胎大熊猫！

双胞胎小天使的问候

2023年7月7日，临盆日

我今天迎来了一生中另一个难忘的日子——我的宝贝们来到了这个世界，它们为我带来了双倍的幸福。我在凌晨就开始肚子疼，应该是宝宝们闹着要出来了。没错，直到那一刻，也没有人知道福宝即将成为双胞胎的姐姐。这是我独自隐藏的一个小秘密，因为我想给大家一个惊喜。双胞胎在我肚子里折腾了一个小时，凌晨 4 点 52 分，大宝终于来到了这个世界。大约一个半小时过后，早上 6 点 39 分，二宝也宣告了自己的到来。幸运的是，两个宝宝哭声响亮，非常健康。福宝的降生让我成为一名妈妈，如今我再次升级，成为双胞胎大熊猫宝宝的妈妈。守护我们母女的人在得知我生下的是一对双胞胎后都很惊讶，也很开心。等双胞胎长大后，我一定要对它们说："让幸福加倍的你们，对我们、对全世界而言，都是无比珍贵的存在！"

这便是双胞胎宝宝降生时的样子！
两个小家伙大声宣布了自己的到来。

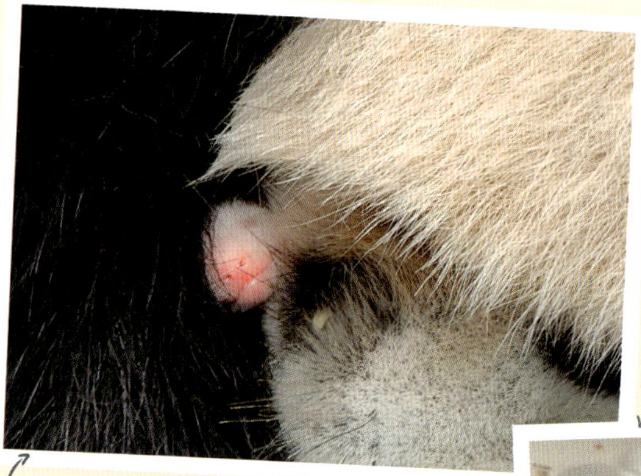

大宝被我抱在怀里，大家看到它探出的小脸了吗？

二宝暂时借用了一下爷爷们温暖的大手。向全世界问好的二宝，看起来怎么样啊？

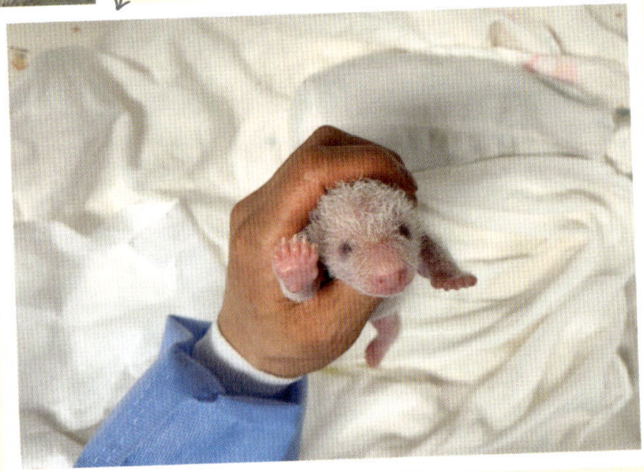

两只小粉团子还无法睁开双眼，可野生动物的本能似乎已经苏醒了。我虽然是第二次分娩，可在照顾双胞胎方面还是新手。养孩子真的不是一件易事，为了宝宝们的健康和幸福，我有太多需要思考和准备的东西。仅凭我自己的力量，根本无法照顾好双胞胎。所幸还有姜宝、宋宝、兽医，以及从中国赶来的专家，大家齐心协力地帮助我。有了大家的倾力相助，我相信双胞胎一定可以健康成长。我会竭尽全力去完成妈妈这一角色赋予我的使命。

宋宝曾经说过，在气候炎热、野生动物种类繁多的非洲，有一句这样的谚语——养一个孩子需要倾尽整个村庄的力量。深夜时分，我希望双胞胎大熊猫宝宝可以记住陪伴在我们身边的家人，不要忘记他们给予我们的关心和爱意，也希望两个宝宝可以健康、快乐地茁壮成长。我还想对双胞胎说："谢谢你们选择成为我的孩子，也谢谢你们来到这个世界，妈妈只想让你们在我怀里安安稳稳地长大。"

妈妈的怀抱

温暖舒适

咕咕[1]！我正躺在妈妈的怀里。这里能让我感受到妈妈的呼吸，是全世界最安全的地方。妈妈的怀抱既舒适又宁静，我还可以感受到妈妈的体温——这里真的好温暖。每当肚子饿、想“噗噗”或不舒服的时候，我就会大哭。咕咕！咕咕！我一哭，妈妈就会特别用心地舔舐我的毛发。现阶段的我还什么都看不见，可我知道那个既让我发痒，又让我舒服的东西是妈妈的舌头。妈妈的怀抱好像有一种魔力，因为妈妈总是可以马上察觉到我想要什么，并且立刻满足我的需求。这样一来，我的内心便会平静下来。在那一刻，我明白了：不管发生什么事情，妈妈都会保护我。

①大熊猫幼崽在饿了或冷了时会发出“咕咕，咕咕”的声音。——译者注

辉 宝

二宝的求知欲

什么是“桑胞胎”？

咕咕！这里是什么地方？我怎么什么都看不到！咦，我怎么感觉屁股凉凉的？啊，我动不了了，一点都动不了了！一定是旁边有什么东西让我没法动弹！好像是个沉沉的东西……我现在心情十分平静，好困呀……为什么会这样呢？我又是谁呢？嗯？你说什么？还有一个和我长得一样的宝宝？桑……桑胞……桑胞胎？什么是“桑胞胎”？我不知道什么是“桑胞胎”……我……我要睡觉啦。我们一会儿再聊……呼……呼……

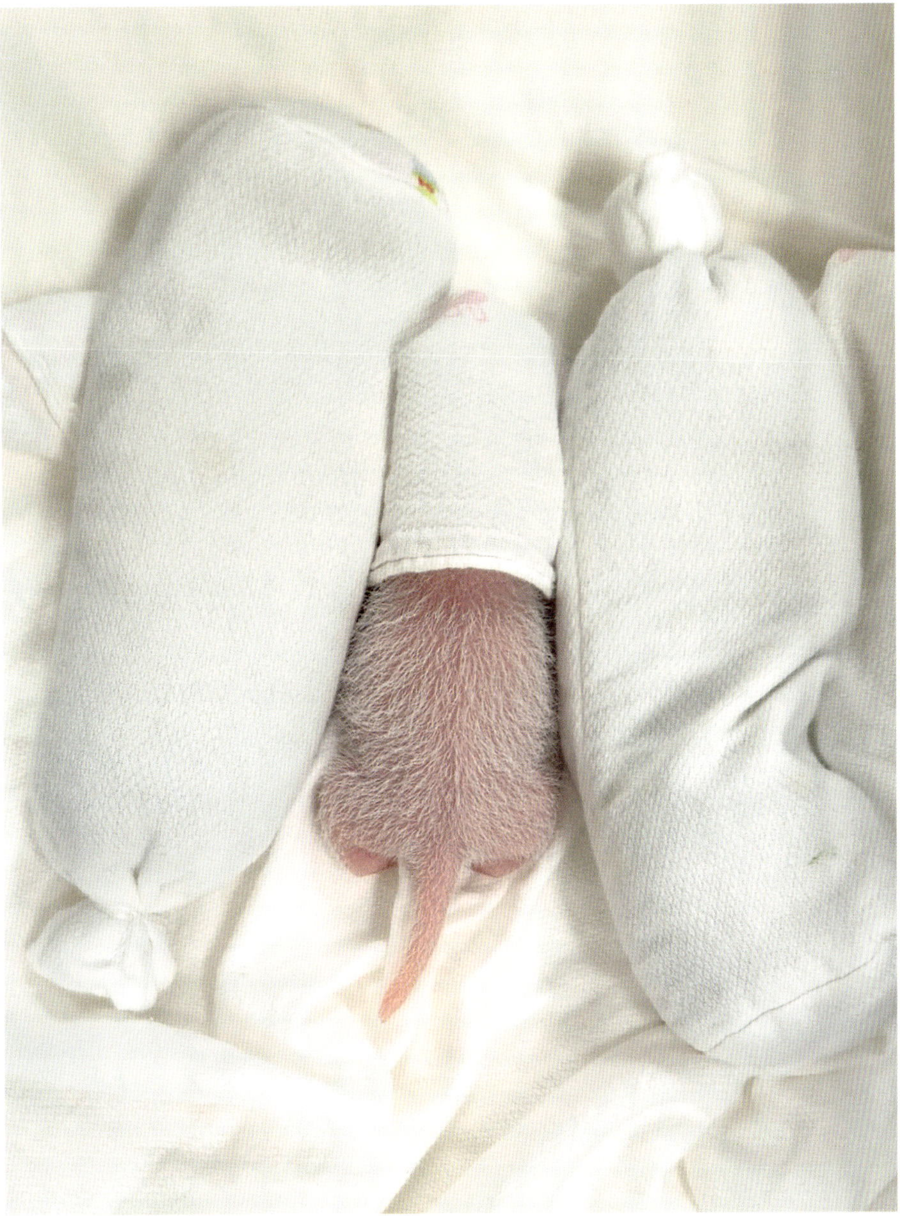

乐 宝

11岁，正是追求浪漫的年纪

双胞胎的爸爸也需要浪漫！

我 4 岁来到熊猫世界，一转眼已经 11 岁了。我 8 岁那年，福宝来到这个世界，由此我成为一名爸爸。3 年后，我升级成为一名双胞胎的爸爸！我希望大女儿福宝，以及刚刚出生的两个双胞胎宝宝都可以身心健康。我真的很想念它们。今天，我要一边抬头望天，一边想念我的三个女儿。我会回想着过去的种种幸福，在内心写一封简短的信，因为我是浪漫的大熊猫乐宝呀！

Le Bao

双胞胎大熊猫宝宝的碎碎念1

我喜欢大熊猫和痛宝！

二宝最近待在妈妈怀里，今天早上，它去保温箱找姐姐玩，于是有了下面的对话。

辉宝：大宝！你最近还好吗？你喝得惯奶粉吗？

睿宝：嗯，奶粉和妈妈的奶水一样，很好喝。

辉宝：大宝，我好像吃太多了。我的肚子是不是很大？嘻嘻。

睿宝：让我看看。呃……别担心，多吃才能长高高。

辉宝：大宝，我的“披肩”好像有点小了，我们换一换怎么样？

睿宝：呃……不好意思……你穿我的可能觉得有点大……

辉宝：大宝！你喜欢妈妈，还是喜欢小爷爷？

睿宝：呃……我喜欢大熊猫和痛宝！

双胞胎只聊了一小会儿，它们约好 5 天后再次见面，到时接着分享有趣的事情。小爷爷宋宝确认完两个小家伙都睡着后，把二宝送到了保温箱，把大宝抱到了爱宝的怀里。

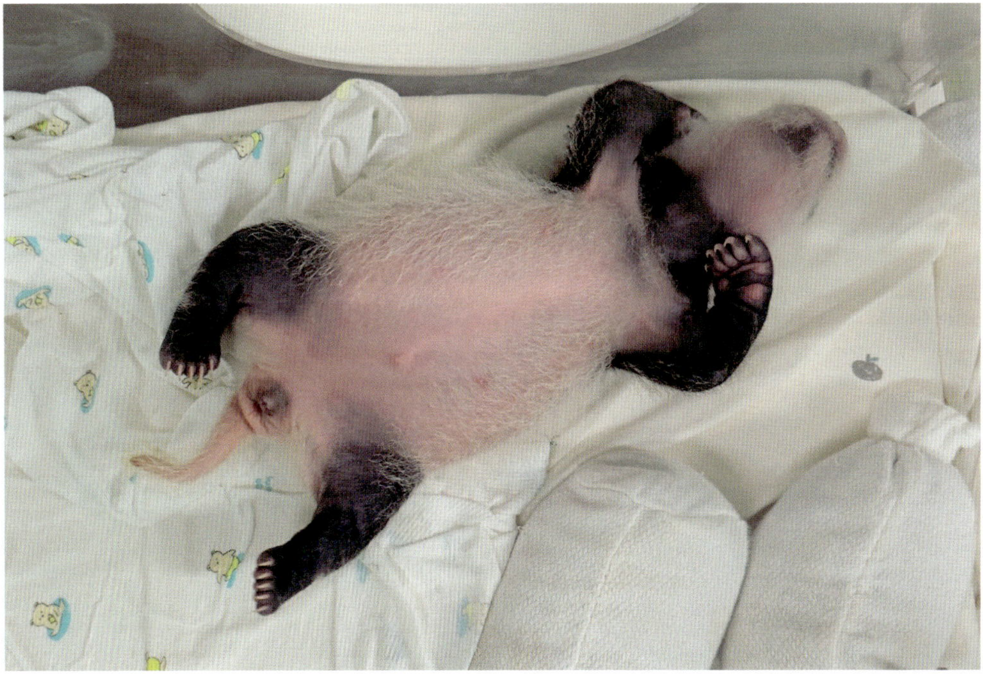

翻身1

睿 宝

天旋地转！

咕咕，咕咕！有人吗？我刚刚翻身了，肚子现在凉飕飕的……不好意思，可以麻烦你帮我盖一下被子吗？嗯？你说我的睡相很像福宝姐姐？那你一定认识福宝姐姐吧？麻烦你帮我问问姐姐，我明明睡觉之前好好趴着呢，怎么一觉醒来就躺着了呢！会不会是……有人想看我圆滚滚的可爱肚肚啊？你看到小爷爷了吗？请你叫他来一下吧。再这样下去我可能要感冒啦，麻烦你转告小爷爷，让他快来抱抱我，让我暖和一点。拜托快一点啦！

辉 宝

翻身2

我正在往下滑!

呜呜!妈妈,妈妈!你别睡了,看看我啦,我正从你的怀里往下滑呢!妈妈托着软乎乎的我,可它的手臂似乎快没力气了,再这样下去我就要掉到地上了!不行,一定要让妈妈注意到我!我左扭右扭,蹭来蹭去地向妈妈发出信号。呜呜!妈妈,妈妈,快点把我抱上去吧!

耀眼的每一天

爱 宝

2023年8月7日，第30天

一手抱娃，一手啃竹子。
我已经适应了育儿日常！

看着这对小天使一天天长大，我时常感觉特别神奇。它们出生第 5 天时，身上就长出了柔软的绒毛，眼周也开始出现“黑眼圈”。第 10 天时，它们的肩膀、前腿、耳朵逐渐变黑，由此步入了“披马甲”阶段，哈哈。到了第 14 天，它们的爪子已经长得很长了，甚至能把包裹自己的小被子勾出线头。看到这两只小小猛兽终于展露了锋芒，我真的无比骄傲。两个宝宝的指甲还没开始变硬，摸起来软软的。它们总爱用小爪子在我毛茸茸的肚皮上摸来摸去，

大宝已经展现出大熊猫的模样了！

这样一来，它们的指甲也就慢慢被磨得平滑了。双胞胎的姐姐福宝小时候是个好奇宝宝，出生的第 15 天便睁开了左眼，可这个时候的双胞胎还悠然自得地闭着双眼。宋宝说大熊猫幼崽一般在出生 40 天前后睁眼，看来我还得耐心等待啊。

看着这对双胞胎天使一天天长大，我的心情可谓喜忧参半：一方面对双胞胎长大后的模样充满期待；另一方面担心它们生病。我回想了一下福宝在成长过程中的点点滴滴，想对现阶段的双胞胎宝宝说："今后和你们相处的每一天，也一定会是一份珍贵的礼物，能给所有人带来幸福。"

不知不觉间，二宝既会翻身，也能睁眼了！

为了让我在产后顺利康复，以及双胞胎的茁壮成长，奶爸、奶妈和兽医们彻夜工作，大家都在齐心协力地向我们倾注爱与关怀。为了不辜负大家的心血，我更加努力地吃饭、睡觉，争取让每一天都过得很充实。我现在可以一手抱着宝宝，一手握着竹子慢慢啃了，所以孩子们也能喝到营养价值高的母乳啦。这个阶段很难熬，也很容易感到疲惫，但是每一天都能感受到大家满满的爱意与喜悦。

终于，一切努力和等待都有了回报。宝宝们学会自己翻身了！一开始，双胞胎只会趴着，我只能看到它们后背上的可爱“披肩”。有一天，它们竟然慢悠悠地翻了身，露出了圆滚滚的可爱小肚子！福宝那时也是这样，可我似乎已经在不知不觉间忘记了当时的那份感动。那副模样真的太可爱了，我忍不住笑出声来。几天后，它们竟然悄悄地睁开了眼睛，仿佛做好了欣赏这个世界的准备。那一刻，我的脑海里再一次浮现出福宝的样子——它曾是全世界最早睁开眼睛的大熊猫宝宝。福宝曾带给我们无尽的幸福，双胞胎的降临也和姐姐当年一样，给我们送来了满满的爱意与喜悦！

双胞胎进入了新的成长阶段，吃和睡是这一阶段最重要的事情。可能是出于这个原因吧，它们会用自身独特的叫声向我表达需求。觉得饿了或冷了时，它们就会发出“咕咕，咕咕”的声音——这是它们独有的撒娇声音，让我给它们喂奶或换一个姿势。养孩子真的很不容易，可只要看到两个宝宝在一天天健康地长大，我就会不自觉地扬起笑容。

我现在还无法同时抱起两个可爱的小天使，只能轮流抱它们。我每次都会全心全意地照顾每一个宝宝。我希望两个宝宝以后能成长为拥有利他之心的大熊猫，能够懂得互相谦让。

我吃饭时，宝宝在另一个房间酣睡。

两个小家伙偶尔也会离开我去别处睡一小会儿。这时候，我就会拿起身边的竹子，双手握住，然后独自安静地品尝美味。在这期间，宝宝们很听话，不吵不闹，只是静静地等着我。小小的它们似乎已经显露出大熊猫的独居特性，我不禁期待它们长大后的样子，期待它们慢慢地拥抱整个世界。宋宝说他也很好奇两个小家伙长大后的可爱模样，他希望双胞胎第一次看到、第一次感受到的熊猫世界可以成为它们心中最温暖、最舒适的地方。宋宝说他对自己的未来也很好奇呢，哈哈！

大宝指南

看似一样，实则大不相同

我比妹妹先从妈妈肚子里出来，对一切都很谨慎。我很喜欢独自待着，经常独自思考好久。我不会急躁行事，通常会在深思熟虑后才开始行动。这也是为什么有人突然靠近我时，我会被吓到发出“啊！”的叫声。不太了解我的人可能觉得我是一只不好相处的大熊猫，我想我们都需要给彼此一些时间去互相了解。妈妈似乎很担心我这样，它总会尽可能多抱抱我，多舔舔我。可以拥有一个如此了解我的妈妈，我真的太幸运啦。在妈妈满满爱意的滋润下，我披上了独属于自己的粉红色“外衣”，“外衣”看起来是那么浓密。我觉得自己仿佛成了小公主，心里特别高兴。嘻嘻！

辉宝

二宝指南

我是棒棒的二宝

我是二宝，不过我也想过当老大！还在妈妈肚子里的时候，我知道该从妈妈肚子里出来了，可我那时候正忙着感受妈妈的爱意，错过了先出来的时机，结果成了老二。哎，没能当成老大真遗憾啊。是的，我还在妈妈肚子里时就很勇敢，不仅力气大，还好动。我出生后也是这样，就算有人突然出现在我面前或抚摸我的身体，我也不会被吓到。这可能就是天性吧。我在对什么事情感到好奇，或者有想做的事情时，会马上进行尝试。我的身体总是会本能地先动起来，至于思考嘛，之后再做这件事也可以吧？嘿嘿！我看起来不是很敏感，所以小爷爷可能觉得我很温顺。其实这不过是因为我现在还不能自如地移动，等我长大了，我一定要让小爷爷见识一下我的勇猛。他到时候一定会大吃一惊吧？在那之前，我还是先保持乖巧公主的“熊设”吧，嘿嘿！

名字让彼此变得特别

睿宝

我们需要好听的名字

咳咳！请大家看向我这里，我们是时候拥有属于自己的名字啦！小爷爷说，爱我们的人会带着满满的爱意，为我和妹妹起出既好听又合适的名字。嗯？备选名字里没有一个你喜欢的吗？呃……别担心，这也正常，我能理解的。毕竟不管起什么名字，刚开始都会觉得陌生，因为叫起来不是很顺口嘛。不过，小爷爷和我说过，我们的名字虽然刚开始听起来很普通，但是随着时间的推移，它们会渐渐变得特别，因为大家会用名字称呼一天天长大的我们。不管是让名字听起来特别还是让爱生根发芽，似乎都需要大家一起来完成。大家看着我们长大，呼唤我们的名字……这样我们的名字才能变得特别。所以啊，大家没有必要太纠结，现在就可以说一说你觉得适合我们的名字哟！

辉 宝

比名字更重要的东西

还没有起好吗?

咩咩……咩咩……嗯？你说什么？

我们的名字，还没起好吗？

我还以为我已经有了好听的名字呢！

真没想到会这样！咩咩……咩咩……

那个，我现在……有点困……

名字起好的话……你再把我叫醒吧，好吗？

对了！这个名字一定要起到我的心坎里哟！

不然的话，我这可爱的小小脚掌，

就再也不让你看了！

咩咩……呼……

爱 宝

双胞胎成了翻身小能手

2023年9月21日 第76天

二宝趴在妈妈身边静静地睡觉。它正睡得香甜，我也可以尽情享用竹子了。

这对可爱的双胞胎姐妹每天都在努力长大。它们想吃奶的时候，就钻到我怀里，用小鼻子嗅来嗅去地寻找乳头。小家伙们特别灵敏，哪怕听到一点声响都会迅速做出反应。双胞胎的嗅觉和听觉发育速度之快，真的让我难以置信，我几乎每时每刻都在惊讶于它们的成长速度。不仅如此，它们的双眼现在也能睁开了。看着它们为了看到这个世界而如此努力，我偶尔也会落

终有一天，大宝也会变得圆滚滚的。到那时，这个摇篮都装不下它了吧？

二宝睡觉的姿势真的太独特了！

泪。之前稀稀疏疏的胎毛已经全部脱落，取而代之的是浓密的毛发。这样一来，它们就算长时间不在我身边也可以自行调节体温了，而我也终于有时间可以安心地享用竹子。两个宝宝离开我身边，我独自静静品尝竹子时，姜宝和宋宝就会来帮我们清理房间，为我准备很多新鲜的竹子，还会仔细检查我们母女三熊的健康状况。每当这时，我就会向他们投去满怀感激之情的眼神，哈哈。

两个宝宝虽然还很小，但已经展现出了截然不同的性格。大宝喜欢喝母乳，它想喝的时候就会少量多次地喝一些。宋宝说，每次带大宝去母婴室喝

宋宝正在检查双胞胎的牙齿长得怎么样了。

奶粉时，它都不好好喝。看来大宝是个味觉很敏感的小家伙。反观二宝，它不挑食，母乳、奶粉都爱喝，所以它看起来比大宝胖一点。不过，大家觉得两个宝宝长大后应该都会成为比福宝姐姐还要圆润的“团子”。听说大家都在期待两个宝宝长大后的样子。想到这里，我不禁笑出了声，哈哈。最近，两个小家伙仿佛变身成了翻身小能手，它们有时露着肚皮进入梦乡，有时伸展双腿，做做拉伸运动。两姐妹像河马一样张大嘴巴时，宋宝就会三下五除二地为它们检查口腔。宋宝说他之所以这样做，是因为想知道两个小家伙长没长出乳牙。我开始期待看到两个小家伙那小米粒般的可爱牙齿了。

两个小家伙已经大到能让妈妈抱个满怀，是不是很神奇？

两个可爱的双胞胎天使正在一天天健康地长大，它们看起来很像，但也都展露出了自己的个性。它们真的太漂亮、太迷人了，让我含在嘴里怕化了，捧在手里怕摔了。每次抱它们的时候，两个小家伙那柔软舒适的绒毛仿佛能够拂去我的一切忧虑和烦恼。

每当看到这对洋娃娃般可爱的双胞胎宝宝，感受到它们的纯真无瑕，我就会感觉幸福无比。看着两个小家伙已经大到可以让我抱个满怀，我也不禁感叹生命的神奇。我希望双胞胎将来遇到困难和挫折时，可以想一想大家对它们的关心与爱意。我也希望它们可以永远记得，自己作为野生动物拥有非常顽强的生命力。

大宝的快速生长期

身体在长，牙齿也在长

嘿嘿，请大家祝福我吧！我才出生 77 天，就已经长这么大啦！我不仅身体在长大，牙齿也长出来了哟！听说我长牙的时间比福宝姐姐还早了两天呢。咦？你看不到吗？我嘴巴的左下方刚刚冒出来一颗小牙……稍等一下！小爷爷，你过来帮我一下！啊……呃啊……能看到了吗？是不是很清楚？小爷爷已经帮我展示过小牙了吧？嗯？呼，没错！我的牙齿还很小，只有用手摸才能感受到它的凸起，可这也很漂亮啊！福宝姐姐说，现在这个阶段长出来的牙以后都会脱落，经历过脱牙后，嘴里才可以长出陪伴我一生的牙齿。就算现在的牙齿以后都会脱落，我依然需要每天乖乖刷三次牙。他们说不这样的话，我以后就会和姐姐一样，门牙黑黑的，像沾上了巧克力。哎……好麻烦啊。嘻嘻！我的体重也比姐姐长得快——又多了一件超过姐姐的事情，我太开心啦！我做什么都想比姐姐更快一点，请大家期待一下吧！

“小墩墩”二号

这是秘密哟！

妈妈说，

我比它预想中长得快很多，

比福宝姐姐那时候更像“小墩墩”！

可是……什么是……“小墩墩”啊？

是好吃的东西吗？

是吃的吗？

也给我一点“墩墩”吧！

我的体重？

嘘！这是秘密哟！

爱 宝

一模一样的宝物

2023年10月13日，第98天

大宝在我怀里醒来，睁开了双眼。
这是我们的合影！

酣然入梦的二宝。

这两个小家伙最近一刻也停不下来，恰恰说明它们长大了不少。双胞胎的前爪似乎有了一些力气，现在已经能撑起上半身，稳稳坐着了。睡觉的时候，它们也睡得很香，就算被人抱起来都丝毫察觉不到。看着两个宝宝安睡的模样，我不禁感叹生命的神奇——它们怎么突然就长这么大了，我都快要抱不住了。我努力把它们成长过程中的美好瞬间装进眼睛、刻在心里，生怕错过其中任何一帧。

这是宋宝和双胞胎宝宝的自拍照片！从它们的表情中，不难看出双胞胎性格迥异。

大宝和二宝这对双胞胎尽管外貌相似，性格却截然不同。大宝性格沉稳，小心谨慎，警觉性也很高。看到来打扫卫生的宋宝时，大宝会大叫；看到十天没见的妹妹时，它会瞪着圆圆的大眼睛，一边观察，一边仔细嗅气味。发现新事物时，它会努力探索。大宝已经渐渐适应了现在的环境，宋宝也在帮助它慢慢熟悉周围的人。二宝和大宝完全相反，是个小淘气包。两个宝宝不经常见面，可是聚在一起时，二宝丝毫不怯场，它会用响亮的声音和姐姐打招呼。等双胞胎再大一些，可以一起生活的时候，我想它们应该会成为彼此最好的朋友。好期待啊，它们应该会非常合拍吧？哈哈！

双胞胎大熊猫宝宝的碎碎念2

睿宝和辉宝

我们是机智而闪耀的宝物！

我们在出生第 100 天的时候，各自拥有了专属名字。那天还召开了发布会，大家相聚一堂来祝贺我们。

睿宝：哇！那里好多人啊！为什么会有那么多人呢？

辉宝：还能为什么啊，当然是因为今天是公布我们名字的日子啊！

睿宝：啊，对！我有点被吓到，一时忘记了。我现在眼睛是不是瞪得太圆了？

辉宝：哎呀，没事的！很漂亮，可美了！我还担心被发现我又胖了呢……嘘！

睿宝：辉宝，我是不是看起来黄黄的？

辉宝：那才是你的特别之处啊。看镜头，我要拍了哟！

睿宝：这里到底写的是什么啊？

辉宝：是我们的名字啊！睿宝，你也太紧张了吧？

睿宝：我今天好像的确比想象中紧张一些，嘿嘿。

辉宝：有我在你旁边呢，不用紧张。你应该知道我们名字的含义吧？

睿宝：当然知道啦！睿宝的意思是机智的宝物！你的是……呃……

辉宝：听好了哟！你是睿宝！辉宝是“闪耀的宝物”的意思！合起来的话就是？

睿宝：机智而闪耀的宝物！

루이바오
睿宝 RUI BAO
후이바오
辉宝 HUI BAO

루이바오
睿宝
RUI BA
후이바오
辉宝
UI BAO

饲养员的承诺

为奇妙的生命发誓

有人说，
当需要为之负责的珍贵生命降生之时，
便是以父母之名开启生命新篇章之日。

在幼小生命的成长过程中，
监护人会一同发生改变。

与其他生命相遇的每一天，
对所有人来说，
都是特别的生日与纪念日。

无论何时，每一个生命，
始终都是现在与未来的主角。

这两个奇妙的小生命即将成为世界的新主角，
我再次承诺，愿意充当配角，与之同行。

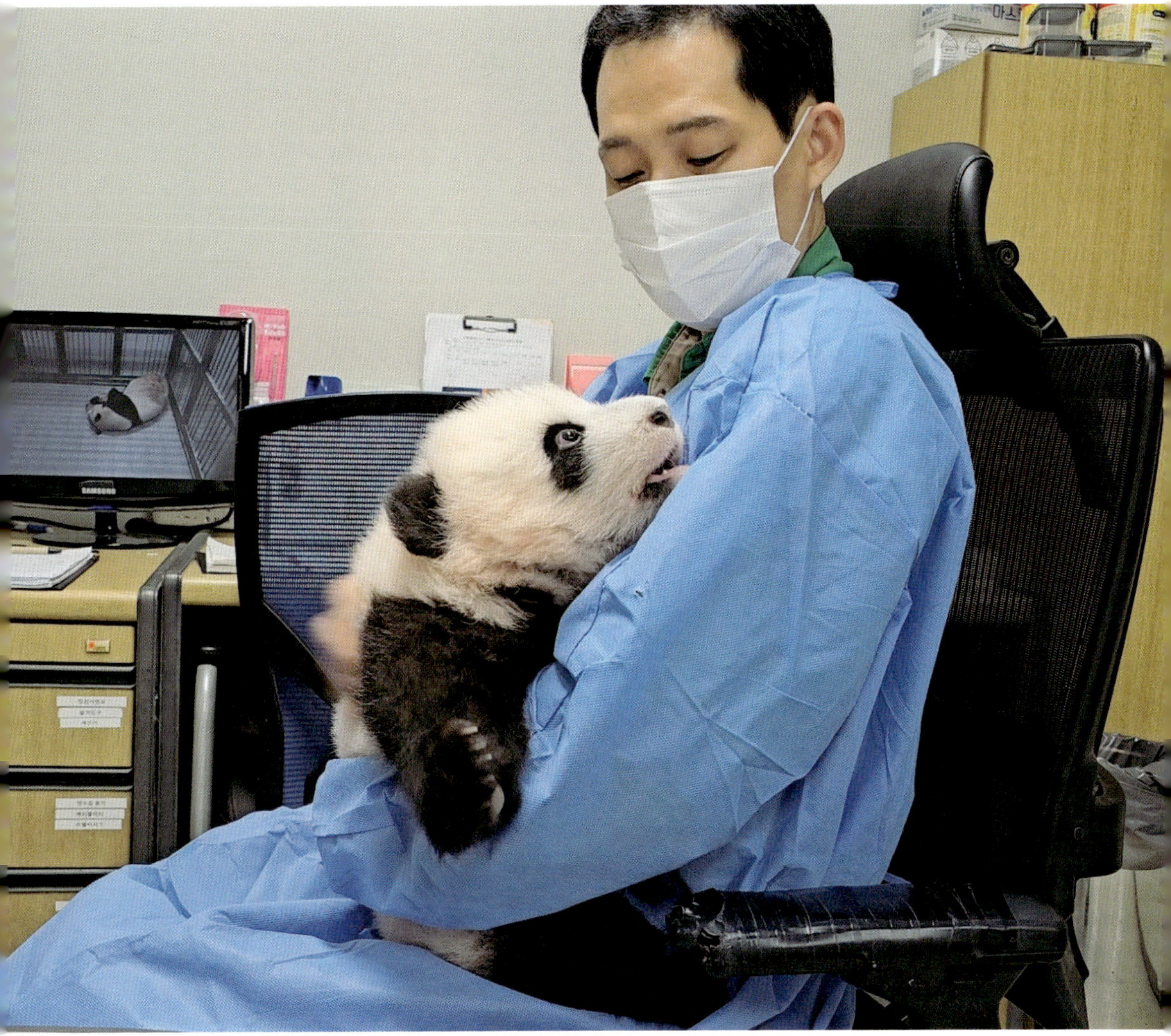

随记

爱宝带来了双倍幸福，这份幸福叫作“睿宝和辉宝”

2016 年 3 月 3 日，三岁的爱宝来到了爱宝乐园，它是可爱的宝物，也是世界上最漂亮的大熊猫。为了让爱宝顺利成长为一只健康的雌性大熊猫，我们倾尽了全力。2020 年 7 月 20 日，在多方的共同努力下，爱宝顺利诞下了带给无数人欢乐的福宝。自此，爱宝以“在韩国的首位大熊猫妈妈”的身份，开启了生命的新篇章。2023 年 7 月 7 日，伴随着众人的关心与爱宝的浓浓爱意，两个小天使来到了这个世界。由此，爱宝升级为无比珍贵的“在韩国出生的首对双胞胎大熊猫的妈妈”，以新的身份继续成长。

这对双胞胎大熊猫宝宝为充满爱、喜悦、幸福的熊猫世界带来了莫大的幸福，大家都很喜欢它们，并把爱意装进了两个宝宝的名字之中。睿宝象征着“机智的宝物”，辉宝象征着“闪耀的宝物”。双胞胎正在快速成长，几乎每天都有新变化。睿宝心思重、有计划，为了迈向新世界，它每天都在一点点地积累勇气；辉宝执行力强，它会横冲直撞地去尝试，然后总结经验教训，知道自己日后该注意些什么。双胞胎每天一起玩、一起睡，这些都是它们认真成长为真正的大熊猫的过程。它们的每一个举动都能给我们带来意想不到的欢乐，也让我们感叹生命的奇妙。

有了孕育福宝的“育儿经验”，爱宝已经成为一位娴熟的宝妈，它教给了双胞胎很多东西，以便让两个宝宝早日成为独立的大熊猫：如何在不同情况下用叫声传递信息，如何爬树，如何在感到危险时藏身，如何挑选营养价值高的竹子，如何吃竹子，如何寻找安全的地方并移动到那里，如何寻找水源，以及如何饮水，等等。爱宝一点点教会了双胞胎这些独立生活所需的技能。

爱宝就像一个“太阳妈妈”，时刻为孩子送去温暖的阳光，但也会尊重孩子们的判断，允许孩子自行决定添衣还是减衣。为了帮助双胞胎宝宝开窍，爱宝竭尽全力成为一个好榜样。它还会用温暖的目光鼓励双胞胎，用信任守护它们。爱宝在用实际行动，向我们传达一切都要尽力而为的生活态度。

爱宝、睿宝，以及辉宝，它们的存在向我们传达了为人母的心情、成年人的责任、生命的价值，以及成长的喜悦。爱宝和乐宝为充满爱与喜悦的熊猫世界带来了双倍的幸福，我真的十分感谢它们。不仅如此，我相信睿宝和辉宝对所有人而言也会是“宝家族”中最机智、最闪耀的礼物。

第二章

充满好奇，
甜甜蜜蜜，
在一起让我们
更幸福！

今天比昨天更可爱！

2023年10月20日，第105天

机智的宝物睿宝。

闪耀的宝物辉宝。

“睿宝，辉宝。”在夜晚，我唤着两个小家伙的名字，心里默念“机智的宝物，闪耀的宝物”。在姜宝、宋宝，还有深爱“宝家族”的大家的祝福下，两个宝宝终于有了属于自己的名字。双胞胎长大以后，又会给我们带来什么样的礼物呢？我不禁期待起来。两个看似相同，实则截然不同的小家伙在妈妈和爷爷们的怀抱里，你争我赶地努力长大，好似在展开一场关于成长的良性竞争。我现在还没办法同时抱起两个小家伙，奶爸们帮了我很多忙。

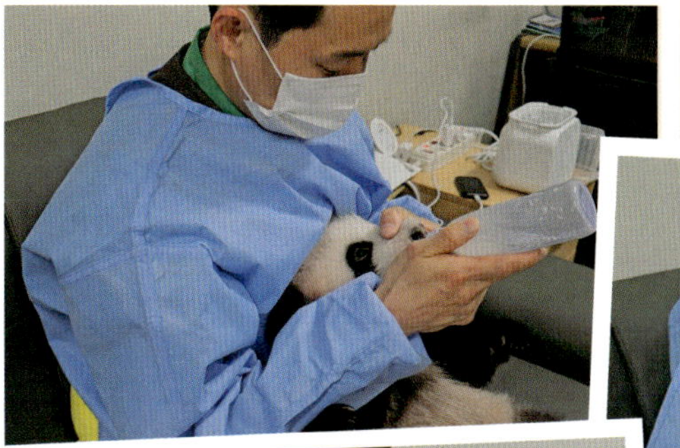

宋宝给辉宝喂完奶粉后，正在给它拍嗝。显示器里是我和睿宝一起待在分娩室的画面。

从中国远道而来的专家叔叔在教宋宝如何给大熊猫宝宝喂奶粉，宋宝听得特别认真，因为这是他第一次给大熊猫宝宝喂奶粉。宋宝说为了不让奶粉呛进宝宝的气道，也避免宝宝吸进空气，他在喂奶粉时要紧紧地握住奶嘴周围。宋宝还说过，调节奶瓶角度、把控握奶嘴的力度、控制喂奶速度，要做好这些需要将全部的注意力集中在双胞胎身上。宋宝在尽可能地为大熊猫宝宝还原在妈妈怀里的感觉，为此他付出了很多努力，他还和我炫耀自己的喂奶技术每天都在进步呢。喂完奶后，宋宝就会抱起宝宝们，为它们拍嗝。宋宝说，两个小家伙打嗝的样子真的可爱极了。听到宋宝说自己也想跟着宝宝们一起打嗝，真的很想笑呢。

宋宝在认真记录双胞胎宝宝的成长！

称一称体重。

量一下后腿吧！

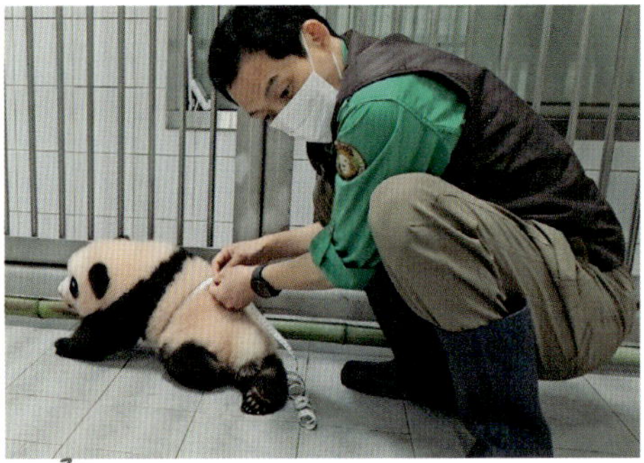

哎哟，吃得真多啊！

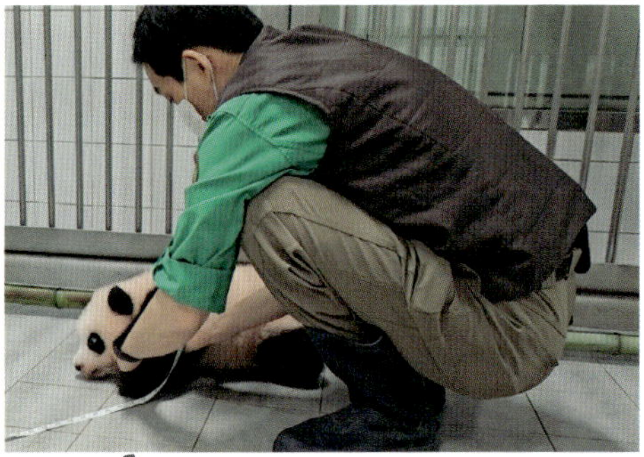

前肢也变粗啦！

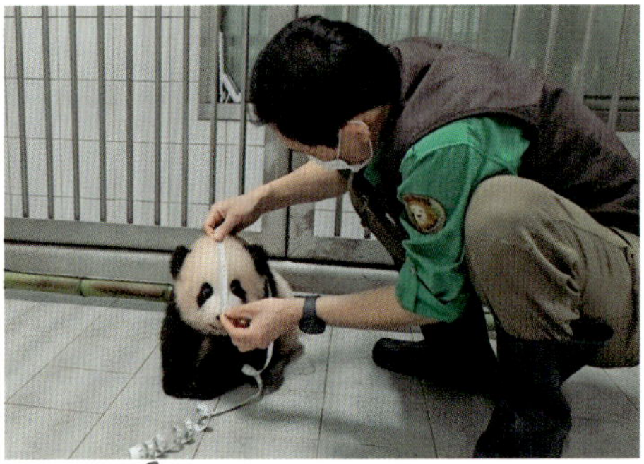

多么可爱的小脸蛋啊！

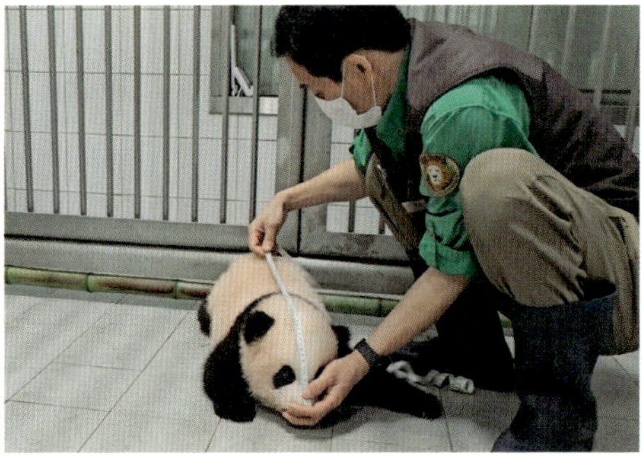

身子以后也会越来越长的！

奶爸们每天都在检查宝宝们的成长情况，也会定期量一量双胞胎的身体。他们会量一量宝宝们短小的后腿和前肢、圆圆的小脸、胖乎乎的小肚子，以及不太容易发现的脖子等，并一一记录。对了，宋宝说他最喜欢量宝宝们可爱的小尾巴，这让他感到十分幸福。宝宝们圆圆的小嘴变长了一些，眼睛也比之前圆了许多，有了清晰的轮廓，身上的毛发也愈发浓密，脚踝上的白毛也在不知不觉间长了好多。哈哈，两个小家伙应该也会像福宝姐姐一样，在成长过程中经历成百上千次的变化吧？辉宝正在追赶福宝姐姐的脚步，致力于成为下一个“小墩墩”；睿宝也不甘落后，正在紧追猛赶。不过，福宝的“墩墩”程度可是独一无二的，我想它们应该很难赶超，哈哈。

看着奶爸们和小家伙们每天都在变得更亲近，我脑海里不禁浮现起自己和姜宝、宋宝从初次见面到渐渐熟悉的时光。慢一点也没关系的。我希望两个小家伙可以像我和乐宝当初那样，按照自己的方式和节奏面对姜宝、宋宝，还有这个世界。

这是双胞胎见面时的样子，
它们彼此都在好奇对方的表情。是不是很可爱？

随着感官的发育，双胞胎也开始积极表现自己了。宋宝说，两个小家伙见面的时候，会一边感受对方一边彼此靠近。我只能在分娩室一次照顾一个孩子，所以很遗憾没能看到那个画面。睿宝看看辉宝，辉宝看看睿宝，两个小家伙把双眼瞪得圆圆的。不久前，它们还在相互好奇，对彼此感到尴尬，现在似乎熟悉起来了。听说睿宝对辉宝更好奇一些，它会冲辉宝叫，还会嗅辉宝，也会把双眼瞪得圆滚滚地盯着辉宝，好像要把对方装进自己的眼睛里。单是想想睿宝那可爱的表情，我就想笑，哈哈。

这是睿宝在向辉宝展示自己的强悍。
那一天，睿宝的叫声格外响亮。

双胞胎什么时候才可以蹦蹦跳跳地紧跟在我身后呢？奶爸们应该知道吧？我要问一下他们。身为妈妈，我既希望那一天快点到来，也希望那一天不要太早到来，这种想法是不是挺可笑的？即便如此，我依然想对两个小家伙说："不用着急长大，只要一点点地健康成长就好。总有一天你们会像爸爸、妈妈、姐姐，以及世界上的所有大熊猫一样，变得圆滚滚的，所以不用太过担心。你们能在妈妈肚子里和谐相处，并且健康地来到这个世界，已经是妈妈的骄傲了。我相信，总有一天你们两个小家伙会理解妈妈的一片心。"

练习走路

睿宝

慢慢地一步一步来！

昨晚，我下定决心好好练习走路！我用力支撑起后腿，可是四肢颤颤巍巍的，好像在跳舞一样。接着，“咚”的一声，我摔在了地上，不过我还是站了起来。这一次，我用力支撑起了后腿，可四肢依然摇摇晃晃，于是我再一次摔在了地上。不过，我没有选择放弃，既然辉宝在体重上超过了我，那我就要比它先学会走路。咬一口辉宝，然后赶紧跑开，那个画面想想就很有意思，也是那个画面一直在支撑着我努力练习走路。我一直练到妈妈过来把我抱进怀里。妈妈说，慢慢来就好，等我再长大一点，自然就能学会啃竹子、吃竹笋，然后变得像福宝姐姐一样圆滚滚的。妈妈还说，我长大以后可以像爸爸一样棒，像妈妈一样跑得快，所以我得赶紧睡觉，好好睡觉才能快快长大。我在妈妈怀里翻来覆去了好一会儿，终于进入了梦乡。梦里的我和爸爸妈妈一样，和辉宝一起在草地上奔跑、玩耍！

失眠

小爷爷，你不可以先睡哟！

这个夜晚，瞌睡虫没来找我。我翻过身，看着窗外的天空，打算掰着手指数数。看来小爷爷今天打算陪我一整晚了呢，我们之间有一些距离，他就那样静静地看着我数手指。不过，小爷爷看起来似乎有点累。咦？小爷爷怎么突然躺在我身边了呢？他闭着眼睛，轻轻拍打我的后背，一看就是想要赶紧把我哄睡着。小爷爷，对不起啦！辉宝现在一点也不想睡，我还想接着玩呢。要不小爷爷和辉宝一起玩吧，好吗？起来嘛！不要先睡嘛！嘿嘿！

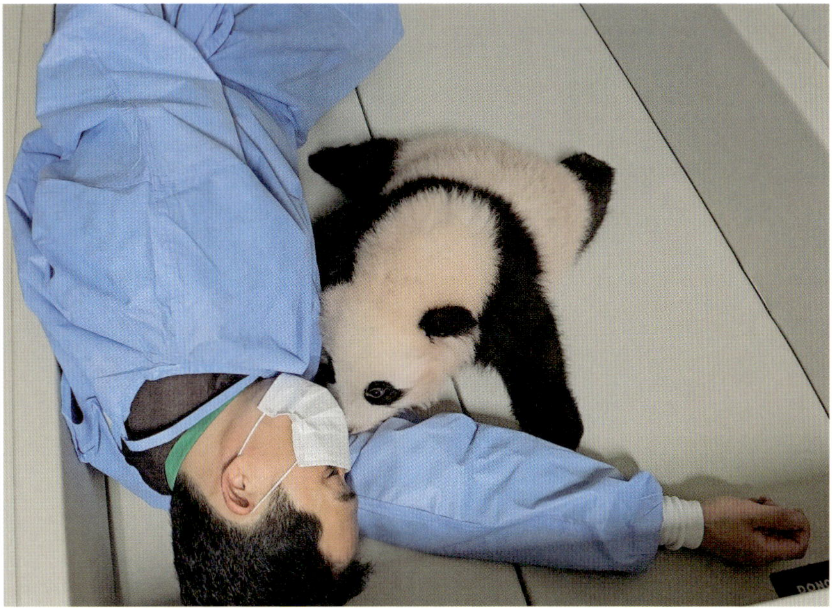

耶！小爷爷终于放弃哄我睡觉了。我想这应该是因为我的体力好，或者是因为小爷爷体力太差了，总之是这两个原因之一啦。我现在可以用手扶着东西自己坐起来了，有时候我会像这样坐着，欣赏床围外面的世界。

嘿嘿，不能再继续这样下去了。我决定了，我要翻过床围，去外面的世界看看。我一定要亲眼看看自己好奇的那些东西，因为我是行动力超强的辉宝啊！

睿宝的味觉超级灵敏

睿 宝

比起奶粉，我更喜欢母乳

我又被带到母婴室来了，看来我已经在妈妈身边待满 10 天啦。怎么办，我已经开始想念妈妈的爱和美味的奶水了。睿宝想回妈妈身边，把我送回去吧，好不好嘛？小爷爷拿着冲好的奶粉过来哄我，可我才不要喝呢。哼，我不想喝，我不要喝……其实是因为睿宝现在不饿啦！我忘不了在妈妈怀里喝过的美味奶水的味道。啊！小爷爷往我嘴里喂了一点奶粉！不对，不是这个味道，这和妈妈的奶水完全不一样。我可不是那么好骗的大熊猫宝宝！为了给我喂奶粉，小爷爷急得额头都冒汗了，可他还是拿我没办法。小爷爷一直哄我喝奶粉，说奶粉也很好喝，一定要喝奶粉，可我才不上当呢！我可是味觉超级灵敏的睿宝，嘻嘻！

辉 宝

妈妈的毛发

好想快点长大！

咦，地上有一撮妈妈的毛！

我捡起来，贴在了自己的下巴上。

怎么样？我现在是不是有点像成年大熊猫的模样啦？

不像？怎么可能！

我想快快长大，

想拥有妈妈的美貌，

爸爸的勇气，

想快点成为一只魅力无限的大熊猫！

小爷爷！我真的很急！

快点把那一撮毛拿给我啦！

双胞胎大熊猫宝宝的碎碎念3

我们在一起啦！

今天是我们出生的第 120 天！爷爷们说从今天开始，我们就可以和妈妈一起生活啦，这样就可以每天躺在妈妈怀里喝到爱的奶水啦！不仅如此，我们还能一起开心地摔跤，享受妈妈无尽的爱意。这真是太好啦！怪不得爷爷们一大早就开始忙碌了呢。

辉宝：啊！睿宝！爷爷们在我们身上涂的是什么东西啊？

睿宝：我也不知道。我和你是同一天出生的，我也是第一次涂这个。

辉宝：也对哟！你不觉得这个味道很熟悉吗？

睿宝：是啊，这个味道让我很安心，有一种在妈妈身边的感觉。

辉宝：对对！看来我得让他们帮我再多涂一点，涂满全身！

睿宝：那你要像我一样，乖乖的哟。

睿宝：我们终于可以在同一个地方见面啦！妈妈好像还不太适应这个场景，它的眼睛睁得圆溜溜的！嘻嘻。

辉宝：我就说嘛，不能让妈妈太操心。我就知道会这样！嘿嘿。

在一起后的我们更幸福啦！

2023年11月6日，第122天

爱宝、睿宝，以及辉宝
正在享受平和而幸福的生活。

转眼间，双胞胎已经出生 4 个月了。过去这段时间，为了精心照顾每一个小家伙，我耗费了很多心力，不过看到两个宝宝成长得这么健康，我真的感觉无比幸福。现在，我们母女三熊终于可以一起生活了。其实我之前就在担心自己能不能照顾好双胞胎，毕竟我是第一次成为双胞胎的妈妈，也是第一次同时照顾两个宝宝。

时至今日，我依然清楚记得我们三个第一次在同一个空间见面的场景。

这是我和双胞胎一起摔跤的画面，
我通过和小家伙们产生身体碰撞，
教它们娱乐、沟通的方法。

如果要谈一下那一刻的心情，说实话……内心有点慌乱，也有些不知所措。不过，嗅到孩子们身上的气味时，我的内心收获了平静。“没错，这两个小家伙都是我的宝贝！”这个念头闪过时，我马上冷静了下来。两个小家伙当时应该也有点慌，我隐约能感受到它们的紧张。不过，我是一个幸运的妈妈，哪怕我最开始表露出了一些慌乱，两个小家伙还是十分依恋我，这真的让我感激不已。

希望双胞胎大熊猫宝宝可以真真切切地感受到现阶段的快乐、幸福，以及爱。

在一起生活的第一天，我们互嗅对方的味道，彼此对视，轻抚对方的毛发，还一起在地上滚来滚去。我也会看着两个小家伙在一起玩耍。明明刚出生时还是小小的一团，现在竟然已经长成漂亮的大熊猫了，生命真是太奇妙了！这段记忆应该会在两个小家伙的内心深处留下印记吧？哪怕这个印记埋藏得很深很深，无法轻易挖掘出来。也许在将来的某一天，等它们和我一样成为妈妈的时候，所有的记忆就会浮现出来了。我相信，爱我们的人会一直向它们讲述这些美好的瞬间。我希望我的两个宝宝可以无忧无虑，尽情享受美好的现在。

双胞胎大熊猫宝宝的碎碎念4

什么是和谐相处?

过去一段时间，我们一直是分开生活的。

自从一起和妈妈见面之后，我们三熊便生活在了一起，也在慢慢了解彼此。

我们互相拥抱，也会彼此拉扯，当然这一切都是在不会弄伤对方的前提下哟。

我们还会轻咬一口对方，一点点熟悉起来。

这是我们用我们的方式在表达对彼此的喜爱。

辉宝喜欢睿宝，睿宝也很喜欢辉宝。

这就是我们关系很好的意思。

“栽乐结辉”

小女儿很像爸爸！

熊猫世界里生活着一只和我一模一样的大熊猫宝宝。

哈哈，它就是我们家最小的宝贝——辉宝！

真的很不可思议，辉宝和我小时候的样子简直是用一个模子刻出来的。

它躺着吃竹子时的姿势和表情，真的和我像极了。

任谁看了都能猜到它是我女儿。

“栽乐结辉”，

栽下乐宝树，结出辉宝果。

我们是不是很像？

“宝家族”都很像，不管是长相还是性格！

石头剪刀布

竟然打平了10局！哼！

石头剪刀布！一样……

石头剪刀布！啊……

石头剪刀布！再来……

石头剪刀布！哎呀，真是……

石头剪刀布！竟然又……

石头剪刀布！哎……

石头剪刀布！怎么总这样……

石头剪刀布！什么啊……

石头剪刀布！哎呀……

石头剪刀布！啊啊啊……

哎，竟然十局都打平了！

我们不愧是双胞胎，就连想法都一样！

你要是知道怎么能赢的话，一定要告诉我哟。

不要告诉辉宝，只告诉我！

知道了吗？

拉钩！

嘻嘻。

双胞胎大熊猫宝宝的碎碎念5

痛宝也是我们的朋友

宋宝：你好啊！你现在认识小爷爷了吗？我的名字是宋宝哟。

睿宝：小爷爷叫痛宝吗？

宋宝：不对，不对。仔细听哟，宋宝，宋宝！

睿宝：辉宝，快过来。小爷爷说他叫痛宝。

辉宝：嗯？痛宝？

宋宝：不是不是。是痛……不是，是宋宝，宋宝！

睿宝和辉宝：痛宝！痛宝是我们永远的朋友！

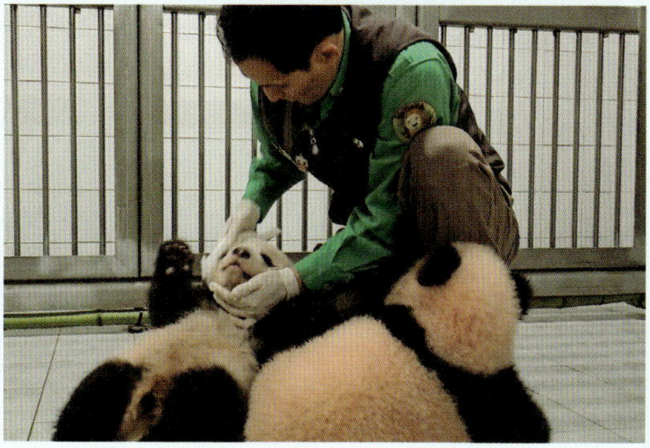

闹觉的辉宝

辉宝

妈妈，我不困

又是一个夜晚，我两眼睁得溜圆。睿宝独自在远处呼呼睡着，它似乎很享受独处的时光。这种时候，我就会跑去找妈妈撒娇。我悄悄走到睡着的妈妈身边，一会儿蹭蹭它，一会儿抱抱它，用这种方式表达我对它的爱。对了，我还会轻轻咬一咬妈妈。当然啦，妈妈也会回应我的爱，它会抱抱我，咬咬我，还会舔舔我呢。感受到妈妈的爱意之后，我的心情马上就能恢复平静。妈妈生气的时候，它那锋利的犬齿和爪子特别可怕，可是每当感受到妈妈温柔的爱抚时，妈妈的爪子又会像棉花糖一样柔软，柔软得让我难以置信。我的妈妈，是不是很厉害？嘿嘿！不过我也知道，不能把妈妈惹烦了，不能做一些过分的恶作剧，否则妈妈的那些“武器”就会带着情绪和攻击力瞄准我。所以啊，我要非常小心，一定要把握好度。啊，妈妈的眼睛睁得好大，它还一直在叹气！呃……那今天就先这样吧。我有一种不祥的预感，总感觉如果我再不适可而止，妈妈就会狠狠咬住我的后脖颈教训我一顿。我现在一点也不困，不过我还是要试着催眠自己。

“我困了，我困了。瞌睡虫来了，瞌睡虫来了。”

我好像骗过了自己，也骗过了妈妈呢！嘿嘿。

大家晚安啦！

爱宝

属于妈妈的时间

2023年12月9日，第156天

我和宋宝在给双胞胎喂奶，
它们是不是一模一样？

种子吸收水分后会发芽，沐浴阳光后会开出美丽的花朵。双胞胎也一样，它们在成长过程中同样经历了种种变化。睿宝和辉宝的存在仿佛温暖了寒冷的冬日，它们带着大家的期望一点点长大，每天都能向大家传递暖心的慰藉。养孩子本就不是一件易事，更何况我要照顾的还是双胞胎，可以说我的确在经历一段艰难的岁月。这个阶段的两个小家伙互相拥抱，彼此碰撞，一起长大，我也和它们一样，在这段时间里体会到了真正的“熊生”。为了保持体力，我每天都需要吃足量的竹子、窝头、苹果和胡萝卜，毕竟照顾双胞胎真的是一件很耗体力的事情。

对了，还有另外一件需要我格外注意的事情，那就是识别并接收睿宝和辉宝带给我的幸福能量！和它们一起摔跤，进行亲密互动时；抱着小家伙们喂奶时；度过愉快的一天后，看着孩子们睡着，我也在它们身旁准备入睡时……专注于这些瞬间时，我便可以在不知不觉间充分体会那些容易错过的喜悦、幸福，以及爱。我在努力牢记那些情感和感受。

仅凭我自己的力量很难照顾好双胞胎，我真的很感谢在我们身边竭尽全力给予帮助的人们，多亏了他们，睿宝和辉宝才能尽情享用母乳和奶粉。吃饱喝足的两个小家伙会静静地玩上一会儿，似乎在用这种方式表达它们的满足。对身为妈妈的我而言，可以在旁边看着双胞胎，还可以与它们进行亲密互动，真的算是两大幸事。如今的双胞胎有了一些力量和平衡感，它们已经可以跑上一小段距离了。虽然目前还不太熟练，会有些摇摇晃晃，有时还会“扑通”一声摔倒，但是它们这样真的超级可爱啊，哈哈。

双胞胎大熊猫宝宝的碎碎念6

谁会在饮水台争夺战中获胜呢？

我们现在可以跟着妈妈去隔壁的房间了，那里有一个玩水的地方，叫作“饮水台”。我们会在饮水台里泡一泡，也会尝一尝水的味道。特别是把脚和屁股泡在饮水台里的时候，冰凉的触感会直达全身，让我们感觉酥酥麻麻的。我们常常会为了争夺这唯一的饮水台而打架，结果最后成为两只“落汤熊”。

睿宝：辉宝，这次轮到我了！

辉宝：不要！

睿宝：哼，在我咬你之前，给我闪开！

辉宝：你敢咬我试试，我去告诉妈妈！

小爷爷似乎觉得我们发生争执的样子很可爱，

他一边咯咯地笑着，一边忙着给我们拍照。

妈妈则会在经过我们身边时，

长长地叹一口气。

玩水的时候，我们需要特别小心，

不可以把屋里弄得像发了大水。

不然的话，我们就要承受妈妈的怒火！

嘻嘻。

嘿嘿。

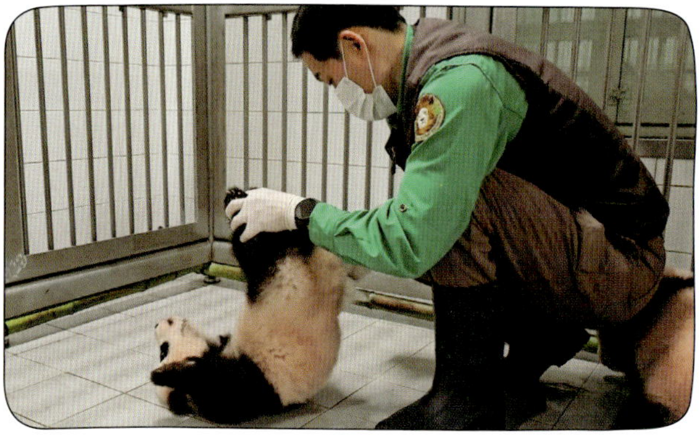

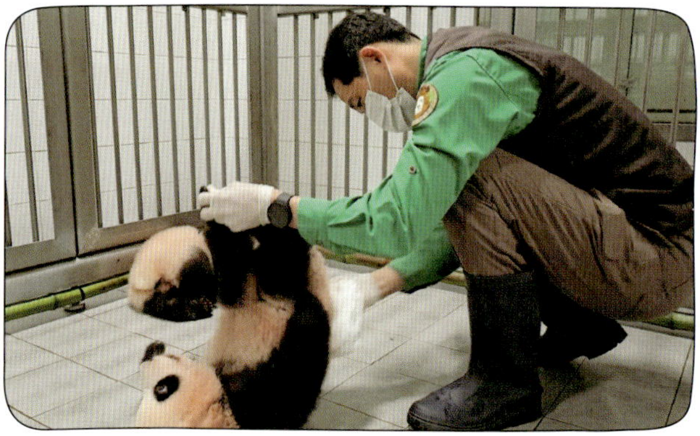

纸巾攻击大作战

其实我想说一声谢谢！

我和辉宝到了戒奶瓶的时候了，也就是说我们以后要用碗喝奶粉，需要自己舔着喝或吸着喝。我们已经习惯了用奶瓶，为了让我们适应新餐具，小爷爷今天特意来帮忙了。我们两个都很喜欢喝妈妈的奶水，可他们说为了让我们可以健康成长，一周岁之前还需要搭配奶粉。奶瓶突然变成碗，我们不太适应，可是爷爷们说喝奶粉可以让妈妈轻松一些，也有助于我们长肉肉。所以，我们一定会加油的，争取早日适应新餐具！实在不行的时候，我就破罐子破摔，直接往后一躺。看到我这样，小爷爷也不会催促，他总是会开怀大笑，然后耐心地等待我继续尝试。在“吃饭”这件事上，辉宝总是一马当先，所以它比我更快地适应了用碗喝奶粉。我当然也不甘落后啦，正在努力追赶。小爷爷总是夸我，说我越来越棒了。

喝完奶粉后，小爷爷会细心地帮我把嘴巴周围残留的奶擦干净。我有时候会在喝着美味的奶粉时分神，最后弄得下巴、身上都沾上奶。小爷爷说，如果不及时把这些奶擦干净，时间一长它们就会变质，我要是舔了变质的奶，就会生病的。

我之前完全不知道这些，每次小爷爷用它为我擦嘴的时候，我都觉得那团“白色恶棍”在妨碍我吃东西。尽管我还没长牙，但是为了狠狠教训一下那个家伙，我还是会使出吃奶的劲去啃咬。哎呀，真对不起那些卷纸。好想马上跑到它面前，轻咬它一口，然后说:“对不起，谢谢你为我着想，我爱你。”嘻嘻。

辉宝

练习吃竹子

我也准备好了！

听说我们嘴里已经长出了珍贵的乳牙！这个消息让我对竹子越来越感兴趣，总是忍不住想把竹子放进嘴里嚼一嚼。这大概就是大熊猫的天性吧？嘻嘻。吃到不好嚼的竹子时，我就坐在妈妈身边，偷瞄一下妈妈是怎么吃竹子的。我从妈妈那里学到了很多技巧呢！

小爷爷每次看到我那么努力地啃咬竹子，就特别高兴。他说自己像发现了宝藏一样，还说了一些我“可爱到爆炸”之类的话。可爱就可爱嘛，可爱到爆炸是什么意思呢？我不知道。不过应该是在夸我吧？小爷爷很喜欢看我努力地啃咬东西，看来我得赶紧跑到他身边去咬一咬他的雨靴啦！嘿嘿！

双胞胎正在快速成长！

2023年12月19日，第165天

睿宝和辉宝努力成为彼此最亲密的朋友！

睿宝和辉宝在彼此依靠着一天天长大。有时候，看到它们两个小家伙睡在彼此身边，但是旁边没有我，我的内心就会百感交集。这话可能听来有些可笑，但我的确会感到一丝失落。不过欣慰还是占上风的，我很开心可以看到它们成为彼此最亲密的朋友。我希望睿宝和辉宝可以真真切切感受到彼此的珍贵，并将这份情感牢记心间。

我和宋宝一起站在采血台前，当我接受体检时，睿宝和辉宝以为接下来就轮到它们了，伸出手说："到我了！到我了！"

睿宝和辉宝现在还小，不过宋宝还是特意为它们安排了一场与"采血台"的特殊会面。等它们再大一些，就会知道采血台对自己的重要性了。双胞胎目前处在身体和感官的发育期，正是好奇心旺盛的阶段。宋宝说，他觉得这时候带双胞胎和妈妈一起体验"采血台"，会为它们日后的体检起到很大的助力。我也有同样的想法，于是我们一拍即合。既然两个孩子都在看着我，那我今天要好好做表率，一定要比之前表现得更棒，哈哈。

双胞胎正在练习体检！

一只一只来！

把胳膊放进去！

不是头，是胳膊！

这样，这样！

好啦，现在知道该怎么做了吧？

对，就是这样！
真是长大了啊！

两个小家伙现在什么都不懂，只是对新事物十分好奇，它们的反应真是太可爱了。睿宝和辉宝总想挤进我的怀里，这个行为让我无法全神贯注地进行体检，可它们似乎很享受这么做。看来双胞胎宝宝和采血台的首次会面很成功啊，哈哈。

啊，对了！我以后一定要告诉它们，福宝也用过这个木制的采血台，我和福宝曾在这里度过了一段很快乐的时光。正因为这样，这个采血台上面才处处留有幸福的印记啊。

机智而闪耀的双胞胎天使

照顾大熊猫宝宝使我进一步成长

在妈妈的关爱，以及饲养员们的呵护下，

双胞胎每天都在健康成长。

睿宝陪着日益闪耀的辉宝，成长得愈发机智。

辉宝陪着逐渐机智的睿宝，成长得更加闪耀。

将温暖目光投向双胞胎的我们，

也会成长得更加机智而闪耀！

随记

双胞胎大熊猫宝宝的妈妈争夺战

7月7日，就在爱宝阵痛强度达到最大值的瞬间，一只小粉团子伴随着响亮的啼哭声，冲开了世界的大门。大熊猫幼崽仿佛一条跃出水面的鱼，剧烈地扭动着身体。看到那个场景，爱宝也有些不知所措，可是出于本能，它还是将小宝宝抱进了怀里。一个半小时后，后出生的大熊猫幼崽也被爱宝抱进了怀中。直到这时，陪伴在爱宝身边的饲养员和兽医们才得以长舒一口气，真切感受到熊猫世界迎来了两个珍宝。就这样，双胞胎大熊猫宝宝在妈妈和饲养员的照料下，开始了它们机智而闪耀的“熊生”。

研究表明，大熊猫生下双胞胎的概率大约是50%。大熊猫双胞胎自出生的那一刻起，就会开始进行母乳争夺战。尽管它们还没能睁开双眼，毛发也没长出来，还只是两个小粉团子，可身为野生动物，它们必须为了生存而斗争。大熊猫妈妈似乎也会更加偏向表现积极的宝宝。这样看来，如果是在野外，爱宝的这对双胞胎宝宝全部生存的概率似乎不高。为了确保双胞胎可以健康成长，饲养员们会轮流照料它们120天。

出生后120天左右，大熊猫宝宝就可以开始走路。练习走路时期的大熊猫幼崽摇摇晃晃，跌跌撞撞，甚至走着走着还会摔跤，这个阶段的大熊猫可以说是世间最无害的生命。从这以后，双胞胎会开始和大熊猫妈妈一起生活。不过饲养员依然不能掉以轻心，竞争还在继续。更确切地说，随着双胞胎的成长，竞争也会加剧，这是因为它们需要吃更多的食物。交流欲旺盛、表现积极的大熊猫宝宝会有更多的机会与妈妈亲密接触，也有机会喝到更多的母乳。与此同时，饲养员们的精心照料也在继续进行着。饲养员每天会为双胞胎称重，喂奶粉，想方设法帮助它们实现均衡成长。在正儿八经学会吃竹子之前，双胞胎会一直在妈妈的怀抱中开展爱意满满的“母乳争夺战”。

目前，双胞胎成长得非常健康，它们会跑到饲养员身边撒娇，也能用小乳牙一点一点地咬咬竹子。双胞胎正在快速地成长，彼此依靠的同时，也在不断地开展竞争。它们依然会和妈妈一起摔跤，并努力获取妈妈更多的爱意。正是因为有了彼此的陪伴，它们才能了解怎么做才是对的，机智地开展竞争。

也许正是这种彼此依靠与相互竞争，让睿宝和辉宝的表情、神态和动作都像发光的珍宝。为了得到爱而开展竞争，不仅仅发生在双胞胎大熊猫宝宝身上，人类同样如此。在我们人类的生活中，被爱也是一件非常重要的事情，因为这会成为我们继续生活下去的动力。继福宝之后，我们还能有幸一起续写双胞胎的故事，这无疑是上天对我们的另一份美好祝福。

第三章

机智挑战，闪耀开局，我们会有更广阔的世界！

双胞胎大熊猫宝宝的碎碎念7

泥土，小草，大树，石头，还有鸟儿

辉宝：哇，好神奇！妈妈，这是什么？

爱宝：那是泥土。

睿宝：那这个呢？

爱宝：那个叫小草。

辉宝：原来是这样啊。那这个呢？

爱宝：那是大树！

睿宝：不愧是妈妈，什么都知道。这个是什么呢？

爱宝：那是石头。这个东西很硬的，要小心，不可以用力去撞它。

辉宝：啊，吓我一跳！妈妈，那边那个一边叫一边飞的东西是什么？

爱宝：哈哈，不用害怕。那是小鸟，它是我们的朋友。

睿宝和辉宝：那这里是哪里呢？

爱宝：这里就是我们即将一起生活的更广阔的世界啊！哈哈哈。

走出室内，尽情享受大自然的睿宝（左侧）和辉宝（右侧）。

在放养场爬树的睿宝（左侧）和辉宝（右侧）。

双胞胎的"熊生"也是一步一步来的

爱宝

2024年1月11日，第188天

我的两个小团子不知不觉间已经长大了，不久前，它们迈出了探索更广阔天地的第一步。脚下的泥土、初听的声音、不同触感的草木，等等，这些对它们而言无疑都是陌生的，可它们还是勇敢地跟着我走到了放养场。果然不出我所料，刚开始的时候，睿宝表现得很谨慎，辉宝则是非常慌张。两个小家伙之前一直生活在室内，况且放养场又大又宽敞，仿佛一个充满未知的迷宫，所以它们的行为也在情理之中。不过，在意识到我、姜宝，以及宋宝

都在身边守护自己后，它们慢慢冷静了下来。福宝也在这里生活过，我想它们一定嗅到了姐姐的气味，所以才那么顺利地适应了这里。短短的时间内，两个小家伙就学会了用自己的方式与世界对话。

接下来的几天时间里，双胞胎待在放养场的时间逐渐延长，这是为了促使双胞胎一步步向这个世界迈进。所幸两个小家伙对这段时光还算满意，它们似乎在享受一场短途旅行。旅行途中，它们把双眼睁得滴溜圆，满是好奇地嗅来嗅去，伸着耳朵听远处传来的鸟鸣，用身体触碰一些让它们感到新奇的东西。短暂的旅程结束后，两个小家伙还会在泥地里滚来滚去，弄得浑身脏兮兮的，然后“咕咚咕咚”喝光各自的奶粉，最后进入甜甜的梦乡。看着两个宝宝的睡颜，我不禁想，第一次接触这一切，它们一定很累吧？第二天，它们依然兴冲冲地跑向通往放养场的通道。看到它们这样，我很想告诉它们，拥有冒险的热情固然重要，不过跟在妈妈身后才会安全。尽管如此，看着两个宝宝的小屁股一扭一扭地在我前面跑，我还是会忍不住发出笑声，哈哈。

爬梯子

睿 宝

我要成为体力王

每次来到放养场，我都忙得热火朝天。这里有太多东西需要学习，也有太多东西需要熟悉，所以我每天到这里做的第一件事，就是继续进行前一天没有完成的设施探索工作，就像补作业一样。最近几天，我一到放养场就试着去爬那个最大木床的梯子。到目前为止，我还不能完全靠自己的力量爬上去。爬上去掉下来，爬上去再掉下来……不断地失败让我的身体十分疲惫，可我不会放弃的，我会继续尝试，直到成功的那一刻。我的力气大着呢！福宝姐姐不是说过嘛，最重要的是那颗毫不胆怯的心！还有啊，我已经熟悉这里了，哪里有什么我都知道。爬上这个木床后，我还要再爬一棵更高、更粗的大树；这个木床和远处那个木床之间连着一根粗粗的木头；放养场后面有一片竹林，通往竹林的路上有我们可以喝的水……这些都是我短短几天内就搞清楚的，怎么样，我是不是很厉害？你们别看我小，我的记忆力可不是吹的！嘻嘻。咦？都过去好几天了，辉宝怎么还在检查大木床的床腿稳不稳啊！我得赶紧过去告诉它，床腿结实着呢。

辉 宝

检查床腿

这应该结实吧?

里屋和放养场之间有一条通道，在进入通道的那一刻开始，我就心急了。我比妈妈先上坡，在等待门打开的短短时间里，满心期待着即将开始的今日冒险。听，我的心在怦怦直跳呢。大门终于开了，我吭哧吭哧地在妈妈前面跑，直奔那个最大木床的床腿。这个家伙最近给我下了战书，看来它也听说了辉宝勇猛无比的传闻。昨天没能一决胜负，我今天一定要让它见识一下我的厉害！不过我也是刚刚才知道，原来同样的床腿还有三根。嗯……反正我不会放弃的，我一定要赢。我的体力还很充沛呢！福宝姐姐说过，有一颗毫不胆怯的心才是最重要的！我一定可以——击败它们的！嘿嘿。

一天要刷三次牙

早中晚各一次，不要忘了哟！

你有话要对我说吗？我和辉宝最近很忙，因为我们要跟随妈妈去一个更大的、充满未知的世界。妈妈吃竹子的时候，我就和辉宝在地上打滚，与南天竹摔跤，还会去爬树。对了，我们也会美美地睡个午觉。小爷爷痛宝觉得我们很乖巧，就送了我们一个礼物——用竹子制成的牙刷。痛宝说这种牙刷是“宝家族”独有的，全世界只有我们在用。痛宝还说福宝姐姐每天会刷三次牙，因为我们嘴巴里正在长“小米粒”，所以我们也要刷牙。可是，什么是“小米粒”呢？是嘴巴里长出的那些让我发痒的白色小颗粒吗？不管了，反正小爷爷说过了，只要我们想去外面啃咬东西，就必须好好刷牙，一天三次，一次也不能落下。是不是像这样放进嘴里咬一咬就可以了？我也不知道对不对。总之，我最近很忙，忙着探险，忙着刷牙。所以，你有什么话就趁现在说吧。嗯？你说我们很可爱，希望我们早日变得圆滚滚的？这些话什么时候都可以和我说哟，我很喜欢听。不要忘记啦！

辉 宝

辉宝是奶粉王

要想玩得开心，就得好好吃饭

不管是妈妈的奶水，还是爷爷们给的奶粉，我都能吃得很香。它们各有各的独特之处：妈妈的奶水香香的，满满全是爱；奶粉也香香的，充满了爷爷们的心意。嘿嘿，我每次喝奶粉时也很急，因为总想着赶紧喝完赶紧去玩。毕竟要想玩得开心，就得好好吃饭嘛。

可是真的好奇怪啊，就算一直吃，我还是会饿，这也是为什么我总是在喝完自己碗里的奶粉后，还惦记睿宝碗里的。可是喝到睿宝的奶粉哪有那么容易啊，被小爷爷发现是要挨骂的。不过没关系，我只要对他撒撒娇就好啦。怎么撒娇吗？只要吐吐舌头，或者给自己可爱的小脸沾上“奶胡子”就好啦，嘿嘿。

还有一件奇怪的事！我喝奶粉的时候，屁股总会不自觉地下沉。小爷爷一直告诉我要站直了喝奶粉，那才是喝奶粉的正确姿势。他说要是我一直坐着喝的话，姿势就会东倒西歪，不仅下巴会沾上奶粉，甚至可能弄得全身都是。小爷爷还说，喝奶粉的时候，全程保持姿势正确非常重要。可是我也没办法啊，屁股就是不自觉地往后沉。小爷爷应该不会和我计较吧？啊！睿宝好像也喝完了。那我们现在去外面尽情地玩耍吧？嘿嘿。

双胞胎大熊猫宝宝的碎碎念8

刺激的一天！

哇！今天放养场里来了一个神奇的东西！它是悬在空中的，我悄悄靠近打量了一下，还用前爪轻轻碰了碰，结果它就开始晃来晃去啦！

睿宝：哎！辉宝，你要小心！那里可能有陷阱，我要先在远处观察一下。

辉宝：是吗？那我先去确认一下它安不安全！睿宝，你站远点。

就在我们两个满心好奇的时候，小爷爷告诉我们，那是很久以前福宝姐姐用过的东西，叫作“篮子秋千”。福宝姐姐每当想飞上天空时，就会坐那个东西玩。小爷爷还说只要坐上去用力晃动，就能体会到在空中尽情飞翔的感觉。听完小爷爷的话，我们赶紧坐了进去，努力地倒腾双腿，让篮子秋千动起来。真是太刺激了！小爷爷究竟从哪里弄来这么多稀奇古怪的东西的啊？好神奇啊！有了它们，我们才能度过刺激的一天啊！

乐 宝

竹笋吃播“达人”

乐宝强烈推荐

如果你想在熊猫世界看到我吃竹笋的样子，一定记得要在春末夏初的时节来。由于气候原因，韩国只在四月中旬到七月初才有竹笋！每年的四月中旬至五月中旬，我可以吃到第一茬竹笋——毛竹笋。毛竹笋味道有点冲，个头很大，笋体紧实，十分有嚼劲，不太建议新手轻易尝试。只有像我这样的竹笋吃播“达人”，才能领略到毛竹笋的美味，呼呼。每年的五月中旬至六月中旬，我可以吃到淡竹笋。不同于毛竹笋的大块头，淡竹笋口感柔嫩，味道清淡，非常适合新手。在此，我向大家大力推荐淡竹笋！每年七月初，我可以吃到最后一茬竹笋——桂竹笋，这种竹笋是所有竹笋中最好吃的！它口感柔软，甜味浓郁，不管是新手还是吃笋达人，都会喜欢吃。乐宝强烈推荐桂竹笋！对了，我们大熊猫生吃竹笋是没关系的，你们吃的时候一定要记得煮熟再吃哦！嗯？要是不好吃怎么办？竹笋的味道取决于天气状况以及竹子的营养吸收状态，所以每年的味道可能都有些差异，万一不好吃，还请大家多多担待！我怎么知道得这么清楚？呼呼，拜托！我可是唯一一只在韩国生活了九年之久的雄性大熊猫！这些东西我早就摸透了，是不是很厉害？呼呼！

爱宝

眼睛瞪圆圆，耳朵竖高高

2024年2月1日，第209天

双胞胎是在放养场探险的冒险家！

最近，睿宝和辉宝正处于一段最忙碌的时期。它们在室内喝完美味的奶粉后，就要跑去放养场，忙得团团转。两个宝宝好奇心特别强，活动量也大大增加。它们整天都在忙着跑来跑去探索新世界，好像时间根本不够用。睿宝一直在挑战爬上那个最大木床的梯子，也在尝试从石阶上爬下来。辉宝则是一连几天都紧紧贴着那个木床的床腿，检查它们结不结实，我也搞不懂它为什么要这么做。看着两个小家伙每天都出现在同样的地方，继续做前一天的事情，并且沉浸在自己的世界里，那种感觉真的很奇妙。

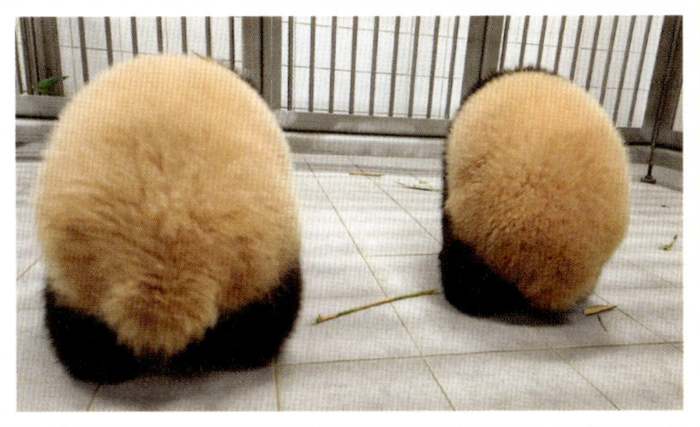

忙着四处探索的双胞胎大熊猫宝宝的背影！

双胞胎似乎已经适应了放养场，一踏上通往放养场的通道，它们就跑得比我还快，总是先于我跑向那条上坡路。看看那两个一摇一摆的可爱小屁股，就知道它们究竟有多么期待这一刻。

睿宝和辉宝现在已经有了大熊猫的模样，这让我的内心无比激动。

一转眼，睿宝和辉宝已经长成了大孩子。现在的它们既可以和爱自己的人们见面，也会正儿八经地啃竹子了。看到它们这样，我特别骄傲。最近，它们已经不怎么来打扰我吃饭了，也学会了自信满满地单独行动。可不知怎么的，看着它们这样，我感到欣慰的同时，也有些许落寞。

最近这段时间，为了让睿宝和辉宝可以自由自在地探索世界，我总是会待在稍远一些的地方守护它们。换言之，我在刻意与双胞胎保持距离，以便让它们按照自己的方式去探索世界。它们有时会自信过头，偶尔也会畏首畏尾，可是不管怎样，独立行动才是这个阶段对它们而言最重要的事情。所以大家不必过于担心，我时刻都在关注两个小家伙的动向，一旦出现危险的苗头，我立刻就能跑到它们面前提醒。

为了帮助双胞胎以后顺利度过突如其来的“熊生难关”，我将自己在生活中总结得出的“熊生智慧”告诉了它们。做游戏时，我会告诉它们运用身体的哪些部位保护自己。当年我也是这么教福宝的，我相信双胞胎一定能像姐姐一样，长成棒棒的大熊猫。我还要告诉它们，不要心急，像现在这样慢慢来就好。

双胞胎甜甜地睡去，我得以享受自己的时间。

我借助做游戏的机会教给它们大熊猫的习性，经过一番“打斗”，睿宝和辉宝都累得睡着了。它们的睡颜似乎在对我说：“妈妈辛苦了，谢谢你陪我们玩。妈妈现在去享受自己的时间吧。”我悄悄走近孩子们，用鼻子确认它们都睡着了后，才敢安心离开。可是怎么办呢？我也累了，好困啊，哈哈。

双胞胎的性格截然不同，我在试着用不同的方式对待它们。睿宝是个谨慎的孩子，它在做一件事之前总会想很多，所以我总是引导着它，让它安心。这样睿宝就能跟在我的身后，静下心来学习很多东西。我打算配合睿宝的节奏，允许它一点一点地快乐长大，哪怕慢一点也没关系。

辉宝是个自信满满的行动派，干什么都很快，我整天都要忙着跟在它屁股后面。它喜欢用实践去感受，去获取经验。相应的，这个孩子也会有很多失误，所以我一直在教它要学会冷静。偶尔，我也会叼着它的后颈，让它慢一点。

两个小家伙应该可以明白我的良苦用心吧？哈哈！

睿 宝

独木桥

这是赢辉宝的秘诀！

怎么双胞胎偏偏要在独木桥上相遇呢！我今天又在独木桥上遇到辉宝了，昨天它用武力压制我，我只能乖乖给它让路，今天我可不会再输了。昨天输给辉宝后，我想了很多，毕竟我是爱思考的睿宝嘛，嘻嘻。一开始，我想从后面圈住它，然后采取滚动战术，可辉宝比我想象中重得多。我不死心，继续尝试“打完就跑”的策略，可它跑得比我快，不一会儿就把我抓住了。看来比力气这条路，是行不通啦。我也想过用石头剪刀布来一决胜负，可是我们两个最终还是陷入了无休止的较量。

我怎么也要赢一次。屁股是辉宝最有力的武器，我得想办法阻止它用屁股攻击！

如果一会儿辉宝用它的大屁股来撞我，我就紧紧咬住它的后腿！哈哈！看到了吧？我赢了！我终于打败辉宝了！辉宝明天应该还会来找我对决，我得早点做好准备。

毕竟我是爱思考的睿宝嘛！

双胞胎大熊猫宝宝的碎碎念9

辉宝会替我教训木马

我们今天又发现了一件神奇的东西，于是我们两个睁着亮晶晶、圆滚滚的大眼睛开始了新的探索。可不管我们怎么观察，都没看出这个东西应该怎么用。紧接着，小爷爷痛宝依次抱起我们，一下子就把我们放在了那个奇奇怪怪的东西上面。他说那是福宝姐姐像我们这么大时玩过的玩具，名字叫“木马”。

睿宝：（嗅了嗅）你知道这是什么了吗？

辉宝：（嗅了嗅）反正不是吃的。

睿宝：哇！痛宝让我这样坐着，看来这个东西得这样坐！

辉宝：哇，好酷啊！我也要！痛宝，把我也抱上去吧！

睿宝：咦？这个东西也像秋千一样在晃动哟！我有点怕，还是先下去吧！

辉宝：什么？这个小家伙竟然敢吓唬你，看我怎么教训它，我咬！

睿 宝

我们相遇的地方

大家都在这里相遇！

我坐在树干上放空。

过了好一会儿，小爷爷痛宝走了过来，

他看了我好久后，开口说道：

“这里曾是‘福宝与福宝相遇的地方’，看来现在轮到睿宝啦。”

一听到福宝姐姐，我的两只耳朵立刻竖了起来！

福宝姐姐的故事可是百听不厌，特别有意思。

我问小爷爷他的话是什么意思，

痛宝回复我：

“福宝姐姐小时候就喜欢待在这里，像你这样趴着，我以前每次看到它这样，就会想起它更小时候的模样，也会在心里期待一下它长大后的样子。所以我给这个地方取名为‘福宝与福宝相遇的地方’。”

看来痛宝很想福宝啊。

于是，我安慰痛宝：

“从现在开始，这里既是睿宝、辉宝相遇的地方，

也是我们和福宝姐姐相遇的地方！”

捉迷藏

不要告诉别人我藏在这里哟！

我藏得可严实了，生怕把一根毛露出来。我藏得可严实了，就怕宋宝找到我。每次做错事，或者想要独处的时候，我就把自己藏起来，谁都不会发现我在这里。我今天惹妈妈生气了，当时太兴奋，就有点得意忘形。所以我要藏在这里，直到妈妈消气为止。啊！睿宝过来了，只要我屏住呼吸，它就发现不了我。我要等它走过去，然后跑到它身后吓吓它，嘿嘿！

明星气质

我是不是做得很棒？

痛宝说想记录一下睿宝和辉宝的成长之路，把我们嘴里长出的乳牙，以及咀嚼能力变强的样子展示给大家看。我问他谁会想看我们的样子呢？痛宝说有好多人在关注着我们。痛宝说要给我们拍照，让我和辉宝摆好姿势。呃……我有点害羞！不行，不可以这样，我要多想想妈妈平时的样子。妈妈平时既温柔又强大，一直在保护我们，我也要尽可能模仿妈妈的姿势。你们觉得怎么样？妈妈会不会为我感到骄傲，觉得我长大了呢？

玩水

痛宝，帮我们蓄满水！

我喜欢玩水，所以我总爱去饮水台玩。我今天也和睿宝在饮水台玩了好久，玩水真的太有意思了，我们完全沉浸其中。不管什么时候，水总能让我特别开心，嘿嘿。啊！饮水台旁边的坑里竟然已经积了水，应该是因为我和睿宝把全身弄湿，在那里跑来跑去的缘故。

那个水坑比饮水台大。能在积满水的水坑里玩，似乎更有趣，因为这样我就可以更加真实地体会水的触感啦。不过，我一直很好奇，这里是不是给我们准备的泳池啊？光是想想就很开心，我得赶紧去拜托痛宝把这里蓄满水！痛宝，快来这里！

个性十足的双胞胎大熊猫

2024年3月11日，第248天

睿宝和辉宝出生八个多月，体重已经突破了19千克。我回忆了一下福宝这个时期的体重，看来双胞胎要想赶上福宝姐姐，还得在吃饭上加把劲啊。睿宝和辉宝不仅长得像，行动上也越来越相似，它们最近给我带来了满满的喜悦、爱，以及幸福。

睿宝真的很喜欢吃胡萝卜。

辉宝成了吃竹子“达人”。

睿宝性格谨慎，它做事之前总是会思前想后。也许是受到辉宝的影响，睿宝偶尔也会展示活泼的一面，不过它大部分时间还是小心翼翼地静静待在爷爷和阿姨的身旁。睿宝熊如其名，是个“机智的宝物”，它总是沉着冷静地爬树，尽管有些慢，但它一定会稳步到达终点。

辉宝是个急性子，总是身体比脑子快。不管干什么事情，它总会一马当先，展现出强烈的胜负欲。和它的名字“闪耀的宝物”一样，辉宝热衷于像闪电一样迅速尝试各种新事物。辉宝因为总是身体先行，所以免不了常常犯错，不过比起畏畏缩缩地躲在后面，它还是更愿意勇敢地挺身而出。当然，这些都离不开我或宋宝在旁边及时为它提供帮助。宋宝每次来放养场打扫卫生时，只要听到“呼哒哒”的脚步声，就知道十有八九是辉宝跑来了，哈哈。

双胞胎尽管长得一模一样，可也是不同的个体，它们正在发挥着自己的长处健康茁壮成长。虽说各种性格都可以成为优势，可是身为妈妈，我还是希望它们可以在一起相处的时间里互相学习、各取所长，早日成为“机智而闪耀的宝物”和“闪耀而机智的宝物”。

对了！两个孩子现在成长得很好，我也有了属于自己的外出时间。终于可以去外面透透气了，我尽情呼吸着新鲜空气，一边赏风景一边吃竹子，感觉心情豁然开朗。双胞胎宝宝现在仍然需要照顾，我要把大部分精力投入在它们身上，所以独属于我的时间其实很短暂。不过没关系，我知道这份独属于我的闲适时光以后会变得越来越长。

睿 宝

用镜头记录幸福

把我拍得美吗？

小爷爷痛宝好像想和我一起拍照。我会摆好多姿势，快来帮我拍美美的照片吧。先来一张合照，我的表情怎么样啊？不可以这样笑？啊，要微笑对吗？可是我刚睡醒，笑不出来啊。不过，我可以试着调整一下头的角度。痛宝也稍微歪一下头的话，应该会更出片，真可惜，嘻嘻。

这次我要扶着树站起来，帮我拍一下可爱的背影吧。

怎么样，是不是好看极了？嘻嘻。

你过来一点。谢谢你把我拍得这么漂亮，我要表扬你一下。

“痛宝，你做得真棒！嘻嘻！”

辉宝

越来越像了？

我和睿宝才不一样呢！

痛宝露出了灿烂的笑容，看来我和睿宝并排坐着吃竹子的样子很可爱。痛宝走到我们面前，叫了叫我们的名字，然后说了很多话，句句都饱含对我们的爱意。可是……它是睿宝，我才是辉宝！刚刚小爷爷竟然看着睿宝的眼睛，说辉宝真可爱！接着他又看着我的眼睛，说睿宝真可爱！

仔细看一下，我和睿宝真的长得不一样。我们的耳朵、眼周的黑色花纹、瞳孔、“肩带”、黑鼻子、“人”字形的小嘴、头围、体重、身高、尾巴、腿长、毛色等，没有一个是像的，我们到底哪里像嘛！我和睿宝不一样，记住了吗？

下班时间

给大家送去幸福

我们把每天结束见面时的分别时刻，称作“下班”。

睿宝和辉宝静静地睡着后，

我会用双手托着这两个小团子，把它们抱进屋里。

抱双胞胎回屋的时刻，一天只有一次，对我而言特别珍贵，

因为我可以用双手把正在成长的两个小团子一起抱进怀里。

用双手将机智而闪耀的睿宝和辉宝紧紧抱在怀里时，

那份无以言表的幸福，

大家可以感受到吗?

随记

照片的力量——连接野生动物与人类

咔嚓咔嚓——睿宝和辉宝的移动速度越来越快了，为了不错过任何一个瞬间，我快速地摁着快门，咔嚓声也越来越急促。睿宝和辉宝毕竟是双胞胎，要想捕捉它们的每一个动作真的不是一件易事。它们离得远了，或者做出一些错过就很难再现的特别举动时，我的内心就很焦虑。好在它们睡着时，我可以稍微休息一下。我会深吸一口气，然后备好相机，反复观察它们的表情。熊猫世界里有很多人和我一样，都在用相机记录动物们的时光。

身为饲养员，我十分了解野生动物的特点，也深知用相机记录“宝家族”是一件特别不容易的事。所以每次看到粉丝们上传的“宝家族”照片时，我都会由衷感叹，真是太了不起了，竟然能捕捉到这样的画面。粉丝们为了拍到那些照片，一定付出了很多努力吧。我脑海里时常闪过一位静静地用相机记录“宝家族”的人，是他以独特的视角将“动物乌托邦”的野生动物打造成了主人公。偶尔，包括我在内的饲养员也会成为故事里的主人公。

其实有一件事，一直让我对那位拍摄者心怀愧疚。2024 年 3 月 3 日，是福宝和各位游客最后一次见面的日子。那一天，很多人都依依不舍地望向福宝，希望可以永远记住它在熊猫世界的幸福时刻。就在那时，我看到了远处那个熟悉的身影。他和往常一样，站在不远处，相机挡住了他的脸，可我能看到他在静静地擦眼泪。看到那一幕，我的内心涌上了无尽的感动。“是啊，那位拍摄者也和我们一样，从福宝出生起就在默默陪伴，他也见证了福宝从出生到长大的全过程……”那一刻我才明白，那个人拍摄的照片之所以特别，是因为于他而言，拍摄野生动物不仅仅是一份工作。与此同时，我的脑海里也浮现出了很多曾经一起书写这段故事的人们的面庞。自此，我更加理解了那些用镜头记录野生动物生活的人。

转眼间，我已经和那个人在一起度过了漫长岁月，他也由满头青丝变得白发苍苍。我一直很羡慕他，他的头发永远那么光亮柔顺。他温和的面容，微笑时害羞的神情，使他魅力依旧。他就是柳汀勋摄影师，我称呼他为“柳导”。我很难用短短的篇幅表达我对他的感激之情，不过还是想借此机会向他传达我的感谢。他今天也背着重重的相机，努力将“宝家族”以及“动物乌托邦”野生动物们的珍贵时刻收藏进镜头。柳导的照片让动物与人类的心连在一起，使更多的人可以共享那些美好回忆，他真的是一个非常值得感谢的人。可以与柳汀勋摄影师共事，我感到莫大的荣幸。

第四章

叮叮哐哐，横冲直撞，双胞胎的“熊生”比蜜糖还甜！

双胞胎大熊猫宝宝的碎碎念10

睿宝和辉宝

双胞胎的甜美“熊生”

睿宝

听说今天是向心爱的人送甜甜的巧克力的日子。痛宝也送给了我礼物，是一个糖果形状的竹子玩具。那个玩具既漂亮又精致，特别适合我和辉宝。我们心里知道，这颗竹子糖果之所以甜甜的，是因为它里面蕴含着痛宝对我们的爱与心意。可能痛宝只是希望我们长大后可以理解他的一番心意，但是我们现在已经懂啦。我们会拿着玩具高高兴兴地玩耍，往里面装满爱与心意后，再还给痛宝，嘻嘻。

辉宝

这是痛宝送给我的礼物，我不知道它是干什么的。痛宝说今天是有特殊意义的一天，可我没听清具体是什么日子。圆圆的部分用手抓着正合适，看来是让我这样抓着吃竹子。可是痛宝为什么非要把竹子插在这里再让我吃呢？真是搞不懂。哎，痛宝真是个让我捉摸不透的家伙。嗯？痛宝你说什么？你说想起老虎，不，看起来我像叼着烟斗？那是什么意思？嘿嘿。

尽情享受新的季节

2024年4月2日，第270天

一心向“吃”的辉宝在
认真跟着我吃竹子！

睿宝的跑步实力明显见长，
足以赶上辉宝啦！

经历过秋冬两个季节，双胞胎终于迎来了它们的第一个春天。两个小家伙还很脆弱，需要妈妈和爷爷们的保护，所以它们没能感受到季节的更替。不过它们现在已经从小粉团子长成机智而闪耀的大熊猫了，所以从这个春天开始，双胞胎应该可以自己体验季节的变化啦。不仅如此，它们吃竹子的本领也突飞猛进。我想这一切都要得益于它们从小就可以在自己喜欢的地方好好睡觉、茁壮成长。

宋宝的拍摄突袭！

可能有些不可思议，但这真的是睿宝。

这才是辉宝！

这是从睡梦中醒来的睿宝。

这是被宋宝捏住整个小脸蛋的辉宝。

那这是谁呢？

这个小家伙又是谁呢？

爱宝正在充电!

多亏了宋宝，
我既能美美地睡午觉，
也能尽情享受温暖的春天。

双胞胎总是一起睡觉，一起玩耍。这样一来，我就有了休息时间。它们偶尔也会在我吃饭的时候缠着我，让我陪它们一起玩。每当这时，宋宝就会使出浑身解数去陪睿宝和辉宝玩。感谢宋宝，让我也有充足的时间去感受季节的更替。休息的时候，我会到放养场的小山坡上浅睡一会儿，或者去户外尽情接受大自然变化的洗礼。宋宝则是站在远处，用温暖的目光注视着我。他的眼神似乎在说："爱宝，你做得很好，你真的很了不起。"正是那些瞬间，让我重新感受到了那些在不经意间溜走的幸福。

在“背背树”上酣睡

我要选个好位置！

妈妈今天又去户外散步了。我和辉宝都知道，妈妈散完步就会回到我们身边。妈妈在和煦的阳光下散步的时候，我们一定要待在安全的地方等它。妈妈说我们现在能自己做的事情越来越多了，这个阶段正是好奇心旺盛的时期，也是最危险的时期，一个不小心就可能和妈妈走丢。要是妈妈迟迟找不到我们的话，我们就可能发生一些意外。

妈妈今天出去散步之前，也贴在我耳边轻轻地说：“睿宝，妈妈去散步了。你和辉宝去‘背背树’上睡午觉吧。记住不要跟着陌生人走，知道了吗？”我从妈妈的话里感受到了它的爱，于是认真回答：“好的，妈妈。你就放心吧。”嘻嘻。

不过我遇到了一个问题，我听妈妈的话把辉宝带到了“背背树”那里，可它不听我的话，非说自己不困，还要继续玩。我让它像我一样，趴在树干上闭着眼睛睡觉，可它死活不肯！于是我学着妈妈的样子，紧紧咬住了它的后脖颈。这下它终于乖乖的了，嘻嘻。等我们睡一觉醒来，亲爱的妈妈应该就回来了吧？

其实，

“背背树”对我们而言不仅是床，

它也像妈妈的怀抱。

辉宝

我爱雨靴，不，我爱痛宝

痛宝是我的！

我喜欢痛宝！至于为什么嘛，当然是因为从我们第一次见面开始，他就允许我想干什么就干什么啊。接收我的全部能量不是一件简单的事情，我能感受到痛宝在竭尽全力对我好。喜欢谁就用力抱着对方咬，这是我表达爱意的方式。我每次这样的时候，痛宝从没有露出过不耐烦的表情，它全身心地接纳我的爱意，我真的好感动！不过，随着我的力气越来越大，痛宝似乎有些无法承受我的爱了。所以，我改变了表达爱的方式，开始用力抱着痛宝的雨靴咬。

这样一来，痛宝开心，我也能尽情表达我的喜欢，真是太好了！至于我喜欢痛宝的最大原因嘛，嗯……这是秘密哟！嘿嘿。我现在分不清自己究竟是喜欢痛宝，还是喜欢痛宝的雨靴了。不过我会一直执着下去，痛宝是我的！痛宝的雨靴也是我的！嘿嘿！

双胞胎大熊猫宝宝的碎碎念11

胖乎乎，圆滚滚，正在长大！

痛宝说要想长成爸爸妈妈那样，就要好好吃饭！

睿宝：辉宝，听见痛宝说的了吗？不挑食才能长成又美又棒的大熊猫！所以啊，不管是妈妈的奶水还是奶粉，我们都要好好喝，知道了吗？

辉宝：你说什么呢？别操心了，我从生下来就不挑食，不管是妈妈的奶水还是奶粉，我都喝得香！

就像痛宝说的，只要我们好好喝妈妈的奶水和奶粉，很快就能长成又美又棒的大熊猫，对吧？怪不得呢，我们两个最近在慢慢变得胖乎乎、圆滚滚的。不过躺在那个称体重的篮子里，突然感觉有点挤时，我们也慌了一下。

睿宝：痛宝，我们现在是不是长大了？

辉宝：痛宝，篮子怎么突然变小了呀？

宋宝：嗯……怎么说呢，为了你们着想，我还是先保密吧！

乐 宝

“宋当劳汉堡包”

好味道和爱，都包含

宋宝难道是天才？他今天用我喜欢的食材，做了一道世界上独一无二的料理——“宋当劳汉堡包”。“宋当劳汉堡包”上下两层都是窝头，中间夹着很多食材，我得张大嘴巴一口咬下去！这是我第一次吃汉堡包，它真的太美味了！我怎么之前没想过把这些食材组合起来再吃呢？多种食材在嘴里融合，不仅口感丰富，味道更是一绝！我又咬了大大的一口，不愧是夹在中间的竹笋饼，简直是天赐美味。

你们知道为什么宋宝做的“宋当劳汉堡包”这么好吃吗？因为里面满满都是他的爱与心意！据说我是世界上第一个，也是唯一一个尝过这个汉堡包的雄性大熊猫。这个汉堡包足以让我变得特别，真是太谢谢宋宝了。咦，那个！上边那片窝头上刻着的大熊猫……是我的大女儿福宝吧？哎呀，不愧是让我非常感动的“宋当劳汉堡包”啊，美味与感动兼具！呼呼。

胡萝卜的味道

请你帮我看一下辉宝来没来！

我的乳牙目前只有米粒那么大，所以我最近在练习吃胡萝卜。为了让我吃着方便，痛宝会帮我把胡萝卜切得薄薄的，他还说我每天都要熟悉一下吃胡萝卜的动作。每天都在努力练习咀嚼胡萝卜，会使出全身力气用门牙和犬牙把胡萝卜嚼碎。嘎嘣嘎嘣，胡萝卜的口感真是好极了！我还没有长出后槽牙，所以没办法嚼得再碎一点。尽管我现在吃胡萝卜的时候，还是会吃着吃着就吐出一大部分，不过痛宝还是会一直在旁边表扬我。所以，我还会继续努力练习吃胡萝卜的。痛宝的称赞让我的心情美极了，嘻嘻。

我努力吃胡萝卜的样子一定很可爱吧！有一天，痛宝突然给了我一整根胡萝卜。我简直分不清那是梦境还是现实。我努力把小嘴巴张到最大，用米粒般大小的小乳牙狠狠咬了下去。那一刻，我仿佛拥有了整个世界！啊！辉宝走过来了，它肯定会打胡萝卜的主意。我一定不能让它抢了去，得赶紧把胡萝卜藏进嘴里！我咬，我再咬！你去那边！啊，对了！你刚刚是不是问我胡萝卜有那么好吃吗？当然好吃啦，那可是胡萝卜！

在梦里飞翔的“小墩墩”

辉宝

比起轻松、快速，我更倾向于平稳、安全

嘘！这个真的是一级机密哟——我其实会在天上飞！是不是很羡慕我？嘿嘿。在天上飞有一个好处，你知道是什么吗？那就是不管我想去哪里，都能轻轻松松快速到达。那一刻，我觉得自己仿佛拥有了全世界。你不信？要亲眼看一看？好，看好了哟！首先，站在这块横木的边缘，然后张开双臂，闭上眼睛。接着，发挥你的想象力，想象身体越过横木一直向下。这样就可以轻飘飘地飞起来啦！一，二，三！哎哟！

睁开眼睛，我才意识到原来那只是一个梦。我今天再次明白：比起轻轻松松地快速到达目的地，平平稳稳地安全抵达想去的地方才是更重要的。这样我既能看到沿途绚丽的风景，也能呼吸到更多清新的空气。

怎么样？你想和我一起走走吗？

一直走到那个遥远的地方！嘿嘿。

“长大成熊”的日子

2024年4月30日，第298天

辉宝正在品尝小爷爷给的雪竹竹笋。

睿宝刚睡醒就收到了小爷爷递过来的竹笋！看它迷迷糊糊的小表情。

睿宝和辉宝正在尽情享用竹笋，是不是已经有“长大成熊”的感觉了？

睿宝和辉宝出生以来第一次见到竹笋，它们俩都把眼睛睁得圆圆的，耳朵也像兔子一样向后竖着！两个小家伙表现得如此兴奋，和新鲜竹笋的清新气味也有关。它们靠墙坐着，两手紧紧握住竹笋的样子真的太自然了。双胞胎努力啃下竹笋外皮，然后细细品尝的样子，是不是很有大熊猫的派头？我真的很为它们骄傲。双胞胎还小，可是出于本能，它们清楚知道这个时期的竹笋可以为我们大熊猫提供营养。两个宝宝开心得不得了，不知道的还以为它们见到了久别重逢的家人呢，哈哈哈。那些竹笋见到这对可爱的大熊猫双胞胎姐妹，会不会也感到无比幸福呢？哎哟，这两个小家伙还不会吞咽竹笋。那剩下的这些，就由我来解决吧！

睿宝

赏花1

一定要一熊一个哟！

小爷爷痛宝送了我一朵漂亮的花！天啊！世上竟然有这么漂亮的花，真是让我大吃一惊。我和辉宝即将认识的这个世界里，有太多新鲜的事物，我对未来充满了期待！小爷爷说这是樱花，我把它握在手心里，闻了闻香气。我拿着花摆好姿势的话，痛宝就会帮我拍美美的照片，嘻嘻。可是有一个问题，那就是痛宝只拿来了一根樱花树枝，所以我俩开始了“争花大战”。哎呀，痛宝啊！你以后要记得，不管什么东西，一定要一熊一个哟！

赏花2

我也要和花花一起玩！

我本来在“背背树”上睡觉，翻身的时候微微睁开了眼，看了看正趴在树干上睡觉的睿宝，没想到它正和痛宝在那里拍照玩呢！不对，那是什么东西？睿宝的耳朵上怎么别着一个黄黄的漂亮东西？哼，看来小爷爷又趁我睡觉的时候偷偷给睿宝礼物了。他怎么可以这样嘛，我气得一下子就不困了！我得赶紧下去向痛宝讨个说法。喂！痛宝！

痛宝看到我醒来，似乎也觉得有些不好意思，就先向我走来了！原来那朵黄色的小花是蒲公英啊。对了，好像放养场里面的确到处都开着这样的花。它原来还能别在耳朵后面吗？嘿嘿，看在我这么漂亮的份上，我就不生气了。喂！痛宝！你给我好好拍嘛！你看看你拍的是什么嘛，你把我的鼻子拍得也太大了吧！

睿宝

竹笋

我不要竹笋，你快背背我！

痛宝带着竹笋来了，可我已经吃饱了呀。嘻嘻，我现在需要的是一个玩伴。痛宝好像很喜欢与我合照，他又拿出相机啦。不要这样，你转过身去嘛。你为什么最近都不背我了呢？不要说我太重了，你背不动，这是会冒犯到女生的话哟。快一点嘛！我现在更需要痛宝啦。不要竹笋！哼！

双胞胎大熊猫宝宝的碎碎念12

爱你们的300天

今天是我们两个来到这个世界，与大家相识的第 300 天。听说小爷爷痛宝为了纪念今天，特意用竹子做了一个“300”的造型！福宝姐姐那个时候也收到了同样的礼物，还留下了纪念照片。我们是双胞胎嘛，所以痛宝这次准备了两个。两个“300”都是用竹子做的，看起来几乎一模一样，可也有些细微的不同，就像我们两个一样。“300”上面还插着漂亮的胡萝卜花，要是我们一熊举一个的话，拍出来的照片一定特别好看吧？不过痛宝说他要自己举着，就把东西拿走了。喂，痛宝！送出去的东西哪有再要回去的道理嘛，快点还给我们！

辉宝

竹制滑板车

这是干什么用的？

痛宝说今天是儿童节，所以他给我们准备了儿童节礼物！可是……这究竟是干什么用的呢？不行，我这个“万事通”可得好好研究一下！我仔细嗅了嗅，味道很熟悉，也很好闻！真的是吃的吗？那我这个对吃颇有研究的美食家可得好好尝尝！我咬！

痛宝看到我把礼物放进嘴里用力咬，赶紧跑过来冲我摆手："辉宝，那个不是吃的！它是可以让你到处滑来滑去的竹制滑板车！"痛宝给我和睿宝做了一下示范，嘴里说着："先这样，再那样。"我站了上去，问痛宝："这样吗？是这样吧？"紧接着，我哎哟了一声，因为我和滑板车都"扑通"一声摔在了地上。痛宝！我需要一个更大的滑板车来承载我"墩墩"的身体！

爱宝

夏天的味道是“莫吉托”

2024年6月13日，第342天

睿宝还不太习惯“莫吉托”的味道！

睿宝和辉宝迎来了它们“熊生”中第一个真正意义上的夏天！炎热是大熊猫的天敌，一到夏天，我们就要去阴凉处或有水的地方乘凉，这样才能调节自己的体温。不过即便夏天炎热难耐，我们也不能太过贪凉。毕竟只有像生活在野外栖息地一样，切实感受四季的更替，我们才能健康、幸福地生活下去。对大熊猫而言，每个季节都有每个季节该做的事情，如果感受不到季节的变化，我们就会困惑。

不愧是美食家辉宝，
它正在专心享受“莫吉托”呢！

我和双胞胎生活的放养场内，有一块冰床，它能帮我们暂时缓解炎热。不过，年幼的睿宝和辉宝可能还无法承受它的寒气，所以我们决定明年再让双胞胎体验冰床。为了让两个宝宝可以开心地度过一个舒适的夏天，宋宝为它们制作了很多冰冰凉的玩具。我想两个小家伙应该会像“宝家族”的其他成员一样，一提到夏天的味道，就会自然联想到“莫吉托”吧？

睿宝和辉宝马上就要一岁了，它们真的长大了很多。双胞胎的体重都超过了 30 千克，身心也很健康。看到它们茁壮成长，我真的特别高兴，同时也萌生了一个小小的愿望——希望睿宝和辉宝可以成为优秀的大熊猫，行正确的事。我十分清楚，我不可能永远陪伴在两个小家伙身旁，所以为了它们的未来，我每天都在努力以身作则，努力尽好一个妈妈的责任。

睿宝和辉宝长大后会成为怎样的大熊猫呢？谨慎内向的睿宝总爱想太多，要是它以后有了自己的小家，肯定会倾尽一切照顾它的孩子吧。所以我才担心啊，好怕睿宝忘记好好照顾自己，真希望睿宝身边能有一个心细体贴的朋友陪着。辉宝的性格很活泼，做什么都很积极。希望能量满满的辉宝可以和其他孩子好好相处，也希望它能遇到一个充满“熊”格魅力的朋友，那个朋友可以好好理解它、引导它。我有时候也会想，要是双胞胎的性格可以互补一下就好了，哈哈。不管怎样，我真心希望它们在一起生活期间，可以各取所长，共同成长。如果睿宝和辉宝可以做到互相学习，那么我相信它们一定可以成长为两只优秀的大熊猫——一只机智而闪耀，一只闪耀而机智。

我也曾是一只大熊猫宝宝，生下孩子后，以“妈妈”之名重生了。那一刻，我记起了一切，记起了身为妈妈要懂得付出，也记起了自己孩提时期收获的爱。我的孩子将来也会像我一样传承那些记忆的，对吗？唯有这样，我们的“熊生”才能不断延续，这就是我们应该完成，也必须完成的使命。大熊猫就是这种动物啊，在一起时竭尽全力为彼此付出，分开后也衷心祝福对方。至于我嘛，我也会继续坚定地走好自己的路，因为我是可爱的宝物啊。

幸福的蜂斗叶

我总会忍不住笑起来！

小爷爷真是太了不起了，它总是能把礼物送到我们的心坎里！他今天带来了一片比我脸还大的叶子，说那是“幸福的蜂斗叶”。是这片叶子上沾满了幸福的意思吗？不管啦，反正只要我把它戴在头上，我就可以变幸福喽！

痛宝把那片幸福的蜂斗叶盖在了我的头上，像把雨伞似的。他还偷偷把叶子扣在了正在睡觉的辉宝头上。辉宝真是个“小墩墩”，那么大一片叶子都挡不住它的脸！我总会忍不住笑！难道这就是蜂斗叶带来的幸福吗？嘻嘻！

辉 宝

成为公主的一天

初夏的草环

今天是我和睿宝成为大熊猫公主的日子！痛宝摘来很多三叶草，给我们做了漂亮的草环。他说每年初夏，我们生活的放养场里就会长满三叶草，这种草很常见，我们以后不管去哪里应该都能看到。小爷爷还说，到了那个时候，我们脑海里就能再次浮现有关这里的幸福回忆！我还不明白什么是“回忆”，不过这应该是一种很快乐、很珍贵的东西吧！

睿宝好像不喜欢戴草环，它总是东倒西歪地坐着。痛宝正在哄它，还把一块胡萝卜糖放在了它手里。嘿嘿，我可不愿意当一个普普通通的公主，我要把草环斜着戴。怎么样？现在的辉宝公主是不是很特别？嘿嘿。

双胞胎大熊猫宝宝的碎碎念13

睿宝和辉宝

辉宝

谁会先爬上去呢！

睿宝

辉宝：痛宝好像占了我们的地方，一定得想办法夺回来。睿宝，我从这爬上去，你从反方向推他。

睿宝：好。我们二熊合力一定能抢回我们的“背背树”！可是痛宝怎么比我们想象中会爬树呢？他的力气也好大啊。

辉宝：不行，我们换下位置试试！

睿宝：行。辉宝，这次换我去那边！

辉宝：哇！辉宝，我们赢了！我们终于把痛宝推下去了！嘿嘿。

睿宝：没错，我们赢了！我们终于夺回我们的“背背树”了！嘻嘻。

辉宝：睿宝，你有没有觉得，这几天我们的爬树水平提高了？

睿白：嗯？好像是哟。我们愉快地彻底征服“背背树”啦！

传递幸福的小太阳和小肚肚

收获双倍幸福的“宝家族”！

四季更迭，万物生长，

小太阳睿宝和小肚肚辉宝也在茁壮成长。

黑白相间的皮毛之下，

满满都是机智的小太阳和闪耀的小肚肚。

经过一年的成长，

睿宝和辉宝带着爱宝的爱意与乐宝的喜悦，

为“宝家族”带来了双倍的幸福！

随记

在野生动物身旁守护幸福的饲养员

双胞胎怀揣着幸福来到了熊猫世界，这两个奇妙的小家伙给我们忙碌的日常生活带来了无限欢乐。睿宝和辉宝虽然是双胞胎，可它们截然不同。仔细观察便不难发现，两个宝宝无论是外貌还是性格，都有着明显差异。渴望妈妈关注时，想多喝点奶粉时，觉得热了或冷了时，它们都会做出不同的举动。睿宝很小心，辉宝很大胆。同一天、同一个肚子里出生的双胞胎竟然性格迥异，真的太不可思议了。

它们尽管还是大熊猫幼崽，可毕竟是野生动物，两个小家伙的秘密还是很多的。爱宝和乐宝刚到熊猫世界时，一直在警惕地观察周围的环境；福宝从出生到长大，一直在一点一点学习新事物。睿宝和辉宝也一样，它们一开始也会警惕地观察周围的环境、人，以及事物，然后慢慢熟悉。饲养员和大熊猫无法直接用语言沟通，为了及时为大熊猫们提供帮助，饲养员同样需要敏锐地观察它们的行为。大熊猫是一种未被驯化的野生动物，生存优先是它们的本能，这种习性从它们的行动以及种种表现中都能体现。因此，身为饲养员，我也要陪在它们身边，不断地努力理解它们的习性和行为。

饲养员要与大熊猫保持适当的距

离，既不提要求，也不催促，做到充分尊重大熊猫，这样才能观察到它们最纯真的行为。野生动物看似每天过着一成不变的生活，可是只要全神贯注地仔细观察，我们就一定能发现一些细微的不同。这个过程中，我们会不断地问“为什么”，继而带着这些问题去找寻答案，以及探索动物做出那些行为的原因。敏锐观察野生动物，是我们每天工作的主要任务。我们有时会一个人就观察到的内容进行分析，有时会好几个同事聚在一起讨论。我们甚至会为了理解它们的某些特定行为，花费好几年的时间。

这一切都是必要的，都是在为守护野生动物的幸福服务，所以饲养员绝不是一份简单的工作。没有人生来就能做好饲养员，要完成好这份工作，需要不断地努力，不断地思索，不断地积累丰富经验。身为一名饲养员，我们的使命便是帮助眼前的动物过上幸福的生活。

“不关心就无法进行有意义的观察，不观察就无法获取智慧。”这是我最近才明白的道理，也是我陪伴在“宝家族”身边最大的收获。今天的我依然以一名饲养员的身份，站在“宝家族”身边观察、学习、改正，然后继续学习，争取做到自我提升。这一切，不外乎是为了守护它们的幸福。

宋宝的信

睿宝、辉宝：

你们好！

2023年7月7日，对我而言又是一个发生奇迹的日子，
因为那一天我与在韩国出生的首对双胞胎大熊猫宝宝相遇了。
你们的爱宝妈妈生下你们后，给予了你们无尽的母爱。
作为大熊猫，它真的成长了很多。
世界上最漂亮的大熊猫爱宝，很厉害吧？
你们以后也一定可以像妈妈一样，成为优秀的大熊猫。

和你们的妈妈一同照顾你们的过程中，
我也成长了不少，收获了很多快乐。
能够在熊猫世界与你们奇迹般地相遇，
并一同书写属于我们的故事，
这是多么幸福的事啊！

虽然照顾你们两个要付出双倍的精力，
但是每次面对拥有不同魅力的你们时，
我也能收获双倍的幸福。

我可以在你们的脸上看到爱宝、乐宝，以及福宝的影子，
这种感觉真的如获至宝，我想这应该是上天对我的美好祝福吧。

和福宝分开后，还能与你们相遇，
我真的感受到了莫大的安慰。
我很庆幸，还有你们可以陪伴在我们身边。
我永远都会感激你们的到来。

最近，我每天都在暗下决心：
我一定要以照顾福宝的经验为基础，
以更加成熟的面貌为你们的幸福而努力。
接下来的每一天相处时光里，我也一定会倾尽全力。

让我们携手，共同让未来的时光机智而闪耀吧。

睿宝、辉宝，
我爱你们。

永远爱你们的
小爷爷　宋宝

1
RUIBAO
HUIBAO

作者的话

与机智而闪耀的礼物——睿宝和辉宝幸福同行

2023年夏天，我们在准备与大熊猫宝宝福宝告别。与此同时，双胞胎大熊猫宝宝睿宝和辉宝来到了熊猫世界，这仿佛奇迹再一次降临。因为当时正面临与福宝的离别，所以我的心情十分复杂，有喜悦，有担忧，也有庆幸。我是一名饲养员，也是小爷爷宋宝，那时我便下定决心要像对待福宝一样，倾尽全力去呵护这对珍贵且特别的双胞胎宝宝。

此时此刻，我的脑海里突然想起送福宝回中国的那一天。我们曾因互相陪伴而倍感幸福，可是在一起时有多幸福，分别时便有多不舍。听说福宝最近在努力适应中国的环境，并且生活得很好，我看到了相关影像，真的感到无比自豪，也由衷地祝愿福宝可以一直幸福下去。尽管我们现在相隔很远，可我们的故事迎来了美好结局，这一切都要感谢大家长久以来的陪伴，以及大家为福宝做出的正确选择。谢谢大家。

在经历过与福宝的离别后，好多朋友似乎很难对睿宝和辉宝敞开心扉。是的，睿宝和辉宝迟早有一天也会离开韩国。可我们也很清楚：重要的是在一起相处的每一个瞬间，全心全意为彼此付出，竭尽所能创造幸福的过程；分别以后，只有共同相处的记忆才会成为支撑我们勇敢迈向下一个人生阶段的力量源泉；只要相信彼此，一直为对方加油，我们就永远紧密相连。这些才是福宝赠予我们的真正宝藏啊！福宝的出现，让我们以更加广阔的视角去关注周围的其他动物。我真的很感谢福宝。

睿宝和辉宝作为双胞胎大熊猫宝宝，会书写属于它们自己的独特故事。迄今为止，双胞胎宝宝为我们展示了生命的奇妙，它们的故事也一定会像机智而闪耀的宝物般精彩。对通过陪伴“宝家族”而不断成长的我们而言，双胞胎的故事将意义非凡。与之相应的，双胞胎的成长之路也离不开大家的陪伴，希望大家可以像曾经对待福宝那样，给予双胞胎宝宝同样的关心与爱护。

这本书收录了很多睿宝和辉宝的珍贵回忆，希望大家有一段美好的阅读之旅，并从中发现属于自己的机智而闪耀的宝物。与此同时，我真诚希望大家可以将对福宝、睿宝和辉宝的关心与爱护延伸至更多的野生动物身上。

著作权合同登记号 图字：01-2024-6551

图书在版编目（CIP）数据

全知睿辉视角 / 韩国爱宝乐园，（韩）宋永宽，（韩）柳汀勋著 ；赵伟译. -- 北京 ：北京科学技术出版社，2025. -- ISBN 978-7-5714-4628-4

Ⅰ. I312.665；Q959.838-64

中国国家版本馆 CIP 数据核字第 202522WN74 号

策划编辑：	马心湖 陈憧憧	**电　　话：**	0086-10-66135495（总编室）
责任编辑：	田　恬		0086-10-66113227（发行部）
责任校对：	贾　荣	**网　　址：**	www.bkydw.cn
装帧设计：	范兴一 尹兴松	**印　　刷：**	北京顶佳世纪印刷有限公司
图文制作：	西贝二木木	**开　　本：**	787 mm × 1092 mm　1/16
责任印制：	李　茗	**字　　数：**	76 千字
出 版 人：	曾庆宇	**印　　张：**	19
出版发行：	北京科学技术出版社	**版　　次：**	2025年7月第1版
社　　址：	北京西直门南大街16号	**印　　次：**	2025年7月第1次印刷
邮政编码：	100035		

ISBN 978-7-5714-4628-4

定　　价：148.00元

爱宝乐园动物园与中国野生动物保护协会、中国大熊猫保护研究中心共同致力于保护大熊猫。